최강 직업_{용기사}에서 초급 직업_{문받꾼}이 되었는데,

어째서인지 용사들이 의지합니다 4

아마우이 시로이치

일러스트 이즈미 사이

옮김 정명호

contents

최강 직업 《용기사》에서 초급 직업 《운반꾼》이 되었는데, 어째서인지 용사들이 의지합니다 **4**

아마우이 시로이치

일러스트 이즈미 사이

악셀 그란츠
전 《용기사》, 현 《운반꾼》. 「하늘 나는 운반꾼」이라는 이명이 있다. 과거에는 용사 파티의 일원이었다.

바젤리아 하이드란티아
작렬하는 불을 관장하는 용왕 소녀. 평소에는 인간 모습으로 변신해 있다. 악셀을 주인으로 생각하고 따른다.

사키 리즈누아르
마술의 용사. 마왕 대전의 영웅. 악셀을 좋아한다.

데이지 코스모스
연성의 용사. 마왕 대전의 영웅.
악셀의 친구라 자칭하는 카벙클.

미카엘라 그레이스
고고학 길드의 연구장. 왕도 12 길드 【스콜피오】의 길드 마스터 중 한 명.

에드거 마이어스
고고학 길드의 탐색장. 왕도 12 길드 【스콜피오】의 길드 마스터 중 한 명.

팡
성검의 용사. 마왕 대전의 영웅. 악셀을 존경하고 있다. 악셀이 용사 파티 일원이었던 시절의 동료.

c   h   a   r   a   c   t   e   r

웰 사막

모래의 도시 •
사진도시 에니아드

성청해

세계수의 도시 •
신림도시 일민줄

GM평야

역참 마을

• 물의 도시   신에게 향하는 숲길
항구도시 실베스타

• 바람의 도시   SK산
교역도시 폴라이

• 별의 도시
개척·방위도시 크레이트

원시생림
프리모디얼
포레스트

원시생림
프리모디얼 포레스트

ON산맥

동방열강

지금까지의 줄거리

최강의 《용기사》 악셀은 왕가의 의뢰를 받아, 다른 용사들과 함께 마왕을 쓰러트린다.

하지만, 이 일을 계기로 어쩔 수 없이 용기사를 그만둔 그는, 스테이터스가 형편없기로 유명한 초급 직업 《운반꾼》이 되고 만다.

그러나 전직하고 얼마 지나지 않아 악셀은 자신이 용기사 시절의 스테이터스를 그대로 계승했다는 사실을 알게 된다.

그렇게 해서 사상 최강의 초보자 《운반꾼》이 된 그는, 별의 도시―― 크레이트에서 운송 길드 『사지타리우스』의 조언을 받으며 의뢰를 가리지 않고 재빠르게 실적을 쌓는다.

이윽고 주민 사이에 『하늘 나는 운반꾼』이라는 애칭이 나돌 무렵, 착실히 운반꾼 경험을 쌓던 악셀은 『과거 운송』이라는 스킬을 얻는다.

『과거 운송』은 용기사 시절의 힘을 지금으로 『운반해서』 사용하는 스킬.

이로써 용기사 스킬마저 되찾은 악셀은 더욱 어려운 의뢰마저 해치우기 시작한다.

그러던 도중, 마왕 전쟁 시절에 인류에 큰 상처를 남긴 고룡이 크레이트를 덮친다.

건물이 무너지고 사람들은 잡아먹힐 위기에 놓이지만, 이를 악셀이 가만둘 리 없었다.

　의뢰를 끝내고 마을로 달려온 그는, 과거 운송 스킬로 용기사 시절의 기술과 감각을 불러와 고룡을 압도적인 힘으로 쓰러트린다.

　그렇게 평화를 찾은 크레이트.

　평화로운 도시를 뒤로하고, 악셀은 여행을 떠나기 위해 동료와 함께 새로운 도시로 향한다.

　악셀이 도착한 곳은 물의 도시—— 실베스타. 바닷가에 있는 항구도시였다.

　동료의 소개로 해사(海事) 길드의 길드 마스터를 만난 악셀은, 운반꾼 일을 하던 도중, 옛 동료였던 마술의 용사—— 사키와 재회한다. 악셀은 사키와 함께 운반꾼 일을 하면서 조선 길드의 길드 마스터와 친분을 쌓는다.

　그러던 어느 날, 마왕 전쟁에서 마왕의 편을 들던 악인—— 마인이 나타난다.

　동료들과 함께 마인을 잡은 악셀은 마인이 계획하던 참혹한 음모를 밝혀내지만, 이미 마인의 계획대로 거대한 마수, 현무공이 실베스타에 다가오고 있었다.

다시 도시를 지키기 위해 나선 악셀은 훌륭히 현무공을 쓰러트린다.

다시 여행길에 오른 악셀은 『신림 도시』 일민즐에서 악셀은 마왕 대전 시절의 동료인 연성의 용사—— 데이지와 다시 만났다.

데이지는 도시의 상징인 신수가 말라 죽어간다는 비상사태의 원인 규명과 대책 마련을 위해 일하고 있었다.

사태가 위급한 걸 간파한 악셀 일행은 데이지를 돕기로 한다.

그렇게 여러 의외를 받아 말라 죽을 뻔한 신수를 고치지만, 기뻐할 틈도 없이 마인 빙호군이 나타나 일민즐을 습격한다.

빙호군은 강력한 힘으로 일민즐의 방어를 뚫고 악셀의 동료들에게도 손을 대려 했다.

하지만 대전 시절의 경험을 과거 운송한 악셀이 압도적인 힘으로 자기의 창을 희생하여 쓰러트린다.

새로운 동료인 연성의 용사 데이지를 받아들인 악셀은 부서진 창을 고치기 위해 새로운 마을을 향해 출발한다.

커버 그림, 본문 일러스트 | **이즈미 사이**

프롤로그 ◆ 멀리서 그리워하는 사람들

노을 진 물의 도시 실베스타 항구에는 많은 배가 정박해있었다.

제각각 크기가 다른 배에서 짐을 진 선원들이 내리자 항구에 활기가 돌기 시작했다.

항구에서 특히 눈에 띄는 건 대형 범선이었다.

범선에는 다른 배들과 달리 곳곳에 금속 마도구가 달려있었다.

그 위에서 조선 길드 마스터이자 선장 빌헬름과 해사 길드 마스터 라일락이 대화를 나누고 있었다.

"신형함의 승선감은 어땠어?"

"잘 만들었어. 추진력도 훨씬 강해졌고. 저번에 실패했던 점도 참고해서 개수한 데다 흔들림을 제어하는 마법도 효과가 있는지 안정적이다."

"그렇군. 그러고 보니 너랑 같이 갔던 녀석들이 바다의 마수에게 환영 인사를 받았다고 하던데."

"음, 놈들의 공격을 받아도 이 신형함은 끄떡없더군. 게다가…… 현무공이랑 싸운 이후로 선원들이 한층 더 늠름해져서 말이다. 오히려 다 잡아다가 마석과 소재를 뜯어냈지."

빌헬름은 배 위에서 항구를 내려다보았다.

항구에는 이번 항해에서 얻은 자재가 쌓인 컨테이너가 놓여 있었다.

"꽤 큰 수입이 될 것 같아. 선원들에게 보너스를 줄 수 있겠어."

"하하하, 첫 항해가 잘 된 모양이군."

"이만하면 신형 마도 기관 테스트는 성공적이라고 봐야겠지. 본격적인 생산에 들어가려면 조금 더 걸리겠지만. 확인이 다 끝나기 전까지는 다른 배에 실을 수는 없으니."

성능이 좋다는 건 판명됐다.

그렇지만 빌헬름은 아직 더 실험해봐야 한다고 생각했다.

안전은 무엇보다 중요했다.

바다 위에서 마도 기관이 부서지면 배는 그대로 발이 묶인다. 그런 상황에서 빠져나올 만한 인재가 많은 것도 아니다.

"흠, 아직 고속 항해 시대는 멀었나."

"뭐, 급한 건 수송 업자들에게 맡기면 되잖아. 우리가 서두를 필요는 없지."

빌헬름이 그렇게 말하자 라일락이 후후, 하고 미소지으면서 대답했다.

"수송이라고 하니 생각났는데, 악셀 씨 일행이 또 이런저런 일을 처리했다던데?"

"아, 일민츨을 구했다는 거 말이지? 무심코 웃어버렸지 뭐야.

거기서도? 라는 생각이 들어서."

　일민즐에 있는 연금 길드의 마스터가 속달 우편을 보내왔다. 편지 내용은 악셀이 일민즐에서 기적을 일으켰다는 내용이 담겨 있었다.

　"하하. 뭐, 일민즐 건도 꽤 심각한 사태였다고 하니까. 덕분에 악셀 씨의 소문도 꽤 돌고 있고."

　"음, 나도 다른 도시에서 온 녀석들이 하는 얘길 들었어. ……기밀도 꽤 섞여 있었던데."

　그 말을 듣고 라일락이 쓴웃음 지었다.

　"그야 정확한 정보망을 가진 사람이 아무도 없으니까. 나쁜 소식이 없으면 그걸로 됐지."

　"그건 그렇지. 좋아, 악셀 형씨를 떠올리니 의욕이 생기는군. 공장에서 열심히 일해야지. 신형 마도 기관 말고도 할 일이 많으니."

　"의욕을 내는 건 좋다만, 아직 항해 보고를 못 들었으니 갑자기 사라지지 말라고?"

　"알았어. 뭐, 이 안건도 길드 회의에서 해야 할 이야기니."

　그렇게 실베스타 길드 마스터들의 대화는 지금은 멀리 떨어져 있는 악셀에 대한 추억을 곱씹으면서 호탕한 웃음과 함께 계속 이어졌다.

최강 직업(용기사)에서 초급 직업(운반꾼)이 되었는데,
어째서인지 용사들이
의지합니다

제1장 ◆ 소문이 퍼지는 방법

어느 날 아침. 모래의 도시 『에니아드』의 어느 노점 카운터에 세 사람이 있었다.

"둘 다, 소식 들었나? 요즘 마인이나 마수의 활동이 늘고 있다 하네."

작은 하프를 가지고 있던 남자가 말했다.

"아 저도 들었어요. 이 주변에서도 샌드 슬라임이 이상할 정도로 늘어났다는 말도 들었고요. 마스터도 조심하세요."

지팡이를 짚어지고 있던 청년이 카운터 너머에서 요리하던 중년 남성에게 그렇게 말했다.

"맞아, 맞아. 이 가게는 마을 변두리에 있으니까 사람들이 도와주러 오려면 시간이 걸린다고."

하프를 든 남자가 덧붙였다.

"그래, 조심하지. 뭐, 마물 몇 마리 정도는 내가 직접 처리하면 그만이지만."

중년 남자가 허리춤을 만지작거리며 말했다.

앞치마에 가려서 잘 안 보였지만, 그의 허리에는 검 한 자루가 달려 있었다.

"과연, 전쟁에서 돌아온 검사답군. 믿음직스러워. 다만, 요즘은 마인을 자칭하는 놈들도 있다는 모양이니, 그 녀석들은 조심하게."

그 말을 들은 마스터는 쓴웃음을 지었다.

전쟁을 겪은 그도 마인 이야기 앞에서는 그럴 수밖에 없었다. 마인은 마수랑 비교도 안 될 만큼 강력하다.

적어도 마수는 사람을 죽이기 위한 수련을 하지는 않으니까.

마인은 사람 해치기를 꺼리지 않는다. 적어도 전쟁 시절에는 그랬다.

악랄하고 집념이 강한 마인이 훨씬 위험하다고 하프를 가지고 있는 남자가 말했다.

"그렇지. 나라도 마인을 상대하긴 어려울 테니, 그때는 얌전히 도망쳐야지. 물론 손님들부터 대피시켜야겠지만."

마스터의 말을 들은 하프를 든 남자가 옆에 있던 청년과 얼굴을 마주 보더니 동시에 웃었다.

"하하, 마스터는 정말 믿음직스럽군! 그래서 말인데 술 좀 꺼내 주지 않겠나? 노래하기 전에 목을 축여야지."

"아, 저도 부탁드립니다. 요즘 날씨가 너무 좋지 않아서 기분이 별로 좋지 않았는데, 취해서 마음이라도 풀고 싶네요."

"그래. 아…… 다만 남은 술이 얼마 없어서 막 시킨 참이니, 너무 마시진 말게나. 단골들이 다 마시면 다른 손님들한테 내줄 게 없어."

단골이라는 말을 듣고 두 사람이 쓴웃음을 지었다.

"큭큭. ……그리고 보니 다른 소문도 있었지. 하늘을 나는 운반꾼이라고 들어봤나? 아무래도 그 사람이 이 마을에 왔다는 것 같던데."

"하늘을 나는 운반꾼? 뭐야 그건? 극단 이름인가?"

점주는 고개를 갸웃거렸지만, 옆에 있던 지팡이를 맨 청년이 고개를 끄덕였다.

"아, 저도 소문 들었습니다. 굉장한 일화를 남겼다는 그 운반꾼이죠? 하늘을 나는 운반꾼 '악셀'. 길드나 역참 마을에서도 종종 들립니다. 저 말고도 아는 사람이 있었군요."

그러자 하프를 들고 있는 남자가 고개를 끄덕였다.

"그렇겠지. 글쎄, 강도나 마수들을 압도적인 힘으로 처리하고 다닌다고 하더군. 듣자 하니 그레이 워 울프 무리조차 격퇴했다는 모양이야. 근데, 그 사람이 얼마 전에 여기 왔다더군."

특이한 이야기를 좋아하니 기억에 남았다.

"어라? 그런 이야기였나요? 제가 들은 소문은 소리보다 빠르게 달리는 운반꾼이라는 소문이었습니다만? 그리고 도시 안을 날아다니듯 자유자재로 돌아다니는 바람 같은 사람이라는 소문도 있고……."

지팡이를 들고 있는 청년이 그렇게 말했다.

　"으응? 정보가 뒤섞였나?"

　"제가 들은 것도 『하늘을 나는 운반꾼』의 소문이었는데요? 하늘을 나는 운반꾼이 두 명이라는 소리는 못 들었고……. 설마 그게 다 한 사람의 이야기……는 아니겠죠?"

　"아니, 아무리 그래도 그럴 리 없지…… 하고 웃어넘기기엔 정확한 정보인데, 이거."

　"저도요."

　그렇게 말하면서 카운터에 앉아 있던 두 사람이 고개를 갸웃거렸다.

　"음, 자네들, 이야기 도중에 미안하네만……."

　점주가 그렇게 말했다.

　눈앞에 있는 손님이 이야기하던 것을 듣고 점주가 쓴웃음 지으면서 말했다.

　"옆에서 들었는데 아무리 해도 대화에 끼어들고 싶어서. 뭔가 이상하지 않나?"

　"이상하다니, 뭐가 말인가?"

　"『하늘을 나는 운반꾼』이라고 했지? 그건 즉《운반꾼》이 직업이란 얘기 아닌가?"

"그렇지. 운송주머니를 가지고 있었다니까, 확실하네."

"네, 저도 그렇게 들었습니다."

"그럼 이상한 이야기지 않나. 《운반꾼》이 무슨 수로 하늘을 날 겠나."

"뭐, 그렇지."

《운반꾼》은 이상할 정도로 스테이터스가 낮다.

운송주머니 스킬이 편리하긴 하나, 낮은 스테이터스를 대신하는 정도라 하늘을 날 수는 없다.

"애초에 말일세, 《공의비각(公儀飛脚)》이라면 모를까, 평범한 《운반꾼》이 소리보다 빠르게 달릴 수 있을 리가 없네. 하물며 싸웠다는 건 말도 안 되고."

마스터가 자신의 칼을 보면서 말했다.

"그리고 자네들 그레이 워 울프랑 싸워 본 적 있나? 나는 몇 번 싸워 본 적이 있네만, 1대1로 싸워서 겨우 이기는 게 고작이었다네. 그런데 그레이 워 울프를 무리째로 상대했다니. 말도 안 되네."

마도구를 쓰면 《운반꾼》도 한두 마리쯤은 어떻게 할 수 있을지도 모르지만 무리를 혼자 상대하는 건 불가능하다.

그 말을 들은 하프를 맨 남자가 그렇지 하며 고개를 끄덕였다.

"하긴. 그놈들은 마법까지 쓰잖아. 파티를 짜서 싸워야 싸움이 되겠지. 역시 과장이 좀 섞였나."

"저도 허무맹랑한 소리같이 들리긴 합니다만, 저는 정보상에게 산 정보였다고요?"

"나도 마찬가지야. 근데 그 양반들이 다 같이 거짓말을 할 리는 없단 말이지……."

세 명이 으음, 하고 고개를 갸웃거렸다.

그때였다.

"잠깐. 거기 카운터에 있는 검사."

누군가가 마스터를 불렀다.

"검사라니? 나 말인가?"

마스터는 누군가 부르는 목소리에 뒤를 돌아보았다가 깜짝 놀랐다.

어느샌가 눈앞에 운송주머니를 멘 남자가 지름이 몇 미터나 되는 거대한 통을 들고 서 있었다.

"여기가 『모래사장의 오아시스』라는 술집 맞지? 점주가 검사라던데."

심지어 힘들어 보이기는커녕 웃는 얼굴이었다.

"그, 그래, 내가 점주일세."

"그렇군. 이거, 상업 길드에서 물건을 가져왔어."

그렇게 말하고는 부드러운 움직임으로 통을 바닥에 내려놨다.

가볍지만 정중하게 말이다.

그 순간 찰랑 하고 통에서 액체가 살짝 흔들리는 소리가 울렸다.

마스터는 통에 붙어있던 꼬리표를 보았다.

"⋯⋯설마, 아까 상업 길드에 주문한 술인가⋯⋯?!"

"상업 길드에서 점주한테 전해주라는 의뢰를 받았거든. 마목(魔木)통에 담은 특제 술, 맞지? 변질 우려가 있어서 운송주머니에 넣지 말고 운반하는 조건이었어."

"아⋯⋯ 그래, 내가 주문한 물건이 맞네. ⋯⋯술도 문제없는 것 같고."

점주는 통 윗부분에 있는 투명한 판을 통해서 안쪽을 확인했다.

품질이 변했다면 바로 이 판의 색이 검게 변했을 것이다.

판이 투명한 걸 보니 언제나 가게에서 팔던 그 술이 확실했다.

"근데 운송주머니가⋯⋯ 당신, 운반꾼 아닌가?"

"운반꾼이지. 다만 아까도 말했듯이 의뢰 조건 때문에 운송주머니는 안 썼어."

"아, 아니, 그게 아니라⋯⋯ 이렇게 무거운 걸 어떻게 들고 온 건가?"

이 큰 통에는 술이 가득 담겨 있다.

당연히 통이 거대한 만큼 무게도 상당한지라 스테이터스가 좋은 남자가 몇 명은 있어야 겨우 옮길 수 있는 물건이다. 근데 이 남자는 그걸 혼자 들고 왔다.

종종 통 옮기기를 도와본 두 단골은 저게 얼마나 무거운지 잘 알고 있을 터였다. 두 사람도 눈을 크게 뜨고 멍하니 보고 있었다.

"아, 무섭긴 했지만, 상업 길드 직원에게 어떻게 들어야 편한지 요령을 배웠거든. 요 통에는 아래쪽에 손잡이가 달려있어서 거길 잡으면 쉽다기에 이렇게 들고 왔지."

"아니, 요령을 알았다고 통이 가벼워지진 않네만?"

"저희가 옮겼을 때는 저렇게 들고도 몸이 망가질 뻔했다고요! 그런데 그걸 운반꾼이 들다니……."

두 사람이 경악했다.

상상조차 할 수 없는 일이었다.

"품질에 이상이 없으면 이 의뢰서에 사인 좀 해줘."

그는 그렇게 말하며 그는 상업 길드에서 발행된 의뢰서를 마스터에게 건넸다. 의뢰서에는 마스터가 【정형 염문(定型 念文)】으로 전한 의뢰문이 적혀 있었다. 점주는 의뢰서에 수취 사인하면서 머릿속에 떠오른 의문을 꺼냈다.

"자, 잠깐만? 가능하면 빠르게 부탁한다고는 했네만, 아직 주문 염문(念文)을 보낸 지 10분도 안 지났는데?! 여기서 상업 길드는 빨리 걸어도 50분은 걸린다고. 이런 걸 들고 어떻게 해야 10분 만에 올 수 있는 건가?!"

"딱히 막 서두르지는 않았어. 아직 이 도시의 길을 잘 몰라서 말이지. 그냥 **일직선으로** 왔을 뿐이야."

"일직선……?"

"그래. 아, 싸인 고마워."

"으음…… 나야말로 빨리 배달해 줘서 고맙네."

마스터는 문득 방금까지 듣던 이야기가 떠올랐다.

"……저기, 뜬금없는 질문이네만, 당신이 설마 『하늘 나는 운반꾼』인가?"

"사람들이 날 그렇게 부르기는 하지."

그렇게 말하고는 의뢰서를 품에 넣은 운반꾼 악셀이 갑자기 바람과 함께 눈앞에서 사라졌다.

"……어?"

갑자기 그의 목소리가 위에서 들려왔다.

"그럼 이만 갈게."

고개를 들어보니 그는 이미 건물 위를 향해 날아가고 있었다.

그리곤 그대로 근처 건물 옥상에 착지한 뒤 더욱 빠르게 뛰어서 저 멀리 있는 상업 길드 쪽으로 날아갔다.

이 도시 건물들은 다닥다닥 붙어있지 않다. 사람이 뛰어서 건널 거리가 아니다.

그런데 그는 당연하다는 듯이 뛰어넘고 있었다.

그 모습을 보고 점주가 말했다.

"저기, 둘 다."

"왜? 마스터."

"아무래도 내 생각이 틀렸던 것 같군……."

"그러게. 전혀 과장이 아니었어…….”

"말 그대로 대단한 운반꾼이 이 도시에 왔네요…….”

모래의 도시 에니아드에 온 지 일주일이 지났다.

여기 도착한 날부터 바로 길을 익히기 위해 상업 길드에서 의뢰를 받아 운반 일을 시작했다.

에니아드에 오기 전에 몇 주간 전투의 피로를 풀기 위해 역참 마을에서 쉬었던 터라 움직이는 데 불편은 없었다. 몸도 완전히 나았다.

혹시 몰라서 시간을 들여서 느긋하게 확인해 봤지만, 몸에 문제는 없었다.

급한 여행길도 아니고. 쉬어 두길 잘했군.

그나저나 여기도 좋은 곳이구나.

모래의 도시 에니아드는 사막에 옆에 있지만, 의외로 살기 좋은 환경이었다.

마을에는 큰길이 있는데 항상 활기가 넘쳐는 게 그냥 걸어 다니기만 해도 즐거웠다.

그 큰길 주변 상점에선 여러 가지 물건을 팔고 있었다.

가게 수도 많다 보니 낮에는 손님이 끊이지를 않았다.

사막이니 물이 부족할 줄 알았는데, 도시 한가운데 오아시스가 있었다.

오아시스에선 마도구가 분수처럼 물을 뿜고 있었다. 그 마도구 덕분에 물이 끊기지 않는 모양이다. 듣자 하니 사막에 있는 고대 유적에서 발굴한 유물이라고 한다. 마도구 중에서도 고대 마도구는 효과가 유달리 강력하다.

……이 도시는 생활에 마도구가 녹아있구나.

그런 생각을 하면서 나는 도시 중앙으로 향했다.

오아시스 주변에는 모험가 길드를 비롯해 여러 건물이 모여 있다.

우리가 거점으로 삼은 것도 그중 하나였다. 원래 데이지가 마왕 전쟁 시절에 거점으로 만들어 둔 곳이라는 모양이다.

여기 온 이후로는 아침 일찍 일어나 일을 몇 개 처리하고 길드 사람들에게 이야기를 들으며 도시를 한 바퀴 둘러보고 돌아오는 게 일과가 되었다.

"어서 와~ 주인."

"잘 다녀오셨나요? 악셀."

무슨 영문인지 기묘한 옷을 입은 바젤리아와 사키가 맞아줬다.

"……뭐야, 그 차림은?"

색색의 옷감에 반투명해 피부가 보이는 천을 장식한 짧은 드레스였다. 각자 머리카락 색에 맞게 입었는지 옷 색은 달랐지만, 옷 모양은 비슷했다.

굳이 비교하자면 수영복이 떠오르지만, 조금 다른 느낌이었다.

어쨌든 어딘가 화려해 보이는 의상이라 무슨 일이라도 있었냐고 물었더니.

"이 지방의 《무희》가 입는 의상이래. 시장에서 팔길래 이때다 싶어서 사 왔어. 어때, 주인? 감상은?"

"감상이라. 움직이기는 편하겠네. 마법 방호도 걸려 있고…… 잘 어울려서 귀여워."

"정말?! 에헤헤, 사 오길 잘했어~."

솔직하게 이야기했더니 바젤리아가 기쁜 듯이 만면에 미소를 지었다.

다만 그런 바젤리아의 모습을 옆에서 보던 사키가 어휴, 하고 고개를 저었다.

"옷을 자랑하기 전에 악셀에게 수고했다고 하는 게 먼저 아닙니까, 용왕 하이드라? 악셀은 이제 막 일을 끝내고 돌아온 참인데."

그 말을 듣고 바젤리아의 말문이 막혔다.

"아…… 그러네……."

"굳이 물어보지 않아도 악셀이 보면 알았을 텐데, 성질이 급하군요, 용왕 하이드라. ――어험, 어서 오세요, 악셀. 식사하실래

요? 목욕하실래요? 아니면 제 온기에 빠져 보실래요? 아니, 빠지는 쪽은 악셀의 체온을 마구 느끼면서 냄새를 맡은 저일지도 모르겠습니다만! 어떤가요?!"

"어…… 사키는 아침부터 쌩쌩하구나."

평소와 다른 옷을 입는다고 성격이 변하지는 않았다.

아니, 오히려 평소보다 좀 더 심해졌다.

"당연하죠. 저는 춤도 즐겨 추니 취미로 샀습니다만, 이런 옷을 입을 때는 평소보다 더 정열적으로 변할 수밖에 없죠."

사키가 후후, 하고 살짝 헐떡이면서 말했다.

그리곤 바젤리아를 보며 한마디 덧붙였다.

"……유감스럽게도 용왕 한 명이 따라 사서 문제지만요!"

"따, 따라 산 거 아니거든! 갖고 싶어서 산 것뿐이야! 상처도 다 나았으니, 이제 괜찮다고 보여주려 했을 뿐이라고!"

"정말 치졸한 변명이군요. ……그럼, 제 무희 복장은 어떤가요?"

"아, 잘 어울려서 예뻐."

"그런가요? 후후, 다행이네요."

"앗! 치사해! 나한텐 그렇게 말해놓고 정작 자기가 자랑하다니!"

"뭐가 치사하단 거죠? 모든 일에는 순서 있기 마련입니다. 저는 수고했다는 말을 했으니 자랑해도 괜찮지요. 당연한 겁니다."

"너무 제멋대로잖아! 리즈누아르!"

이렇게 또 둘이 말싸움을 시작했다.

……둘 다 기운이 넘치는군. 내버려 두자.

바젤리아가 다치고 나서 사키는 한동안 바젤리아를 보살펴주었다.

마인의 공격은 마수와는 차원이 다르다. 큰 흉터 없이 회복한 게 천만다행이었다.

나는 가장 안쪽에 커다란 철문으로 다가가 노크했다.

"데이지. 네가 부탁한 물건, 상업 길드에서 받아 왔어."

내가 문을 열고 들어가자 카벙클 데이지의 모습이 보였다.

"오오, 고마워, 친구! 아침부터 고생했어."

데이지가 나를 보며 말했다. 카벙클의 특징인 앞가슴의 보석이 빛을 받아 반짝였다.

"아니야. 내 창을 고치는 일인데."

나는 그렇게 말하면서 데이지에게 종이봉투를 건넸다.

의뢰를 받으러 가는 길에 받은 물건이다.

딱히 오래 걸린 것도 아니고, 고생한 것도 없었다.

"오히려 이 도시에 오고 나서 계속 방에만 틀어박혀 수리 중인 네가 고생하고 있지. 그러니 이 정도는 해야지 않겠어?"

데이지는 이 도시에 오고 나서 거의 이 방에 살다시피 지냈다.

밤낮을 가리지 않고 달그락 소리가 들렸었다. 어젯밤부터 오늘 아침까지도 마찬가지였다. 그 소리만 들어도 얼마나 열심히 하는지 알 수 있었다.

애초에 무엇인가 필요한 게 있으면 가져다주겠다고 말한 것도 나였다.

"하하, 친구다운 대답이네. 도와준 덕분에 작업도 금방 끝날 것 같아. 조금만 더 기다려 줘."

"그래. 부탁할 거 있으면 말하고."

데이지와 이야기를 나누는 와중에,

——꼬륵.

소리가 들려왔다.

데이지가 살짝 부끄러운 듯이 고개를 숙이고 있었다.

"으…… 친구가 앞에 있을 때 이러다니…… 좀 부끄럽네……."

"아니, 아니, 부끄러워할 것 없어. 어젯밤부터 열심히 했으니 배가 고픈 게 당연하지."

"……뭐라고 할까, 친구는 그런 걸 잘 아는구나……."

그렇게 말하고 데이지가 쓴웃음 지었다.

"뭐, 이럴 줄 알고 상업 길드에 갈 때 장을 봐 왔어. 저 둘도 아침부터 붙어있었다면 슬슬 배가 고플 테니 같이 먹자."

"그래!"

그렇게 우리는 새로운 도시 ——에니아드에서 하루를 보냈다.

평소 옷으로 갈아입은 사키와 바젤리아와 함께 요리를 만든 후.

식탁에서 조금 늦은 아침 식사를 했다.

식후에 차를 한 잔 마시면서 테이블 위에 앉은 데이지와 대화를 나눴다.

"창 수복 작업은 잘 돼가?"

"응. 이제 절반 정도는 됐으려나."

데이지는 방구석에 있는 작업대 위를 보면서 말했다.

작업대에는 날 끝이 부서진 금속 창 한 자루가 놓여 있었다.

얼마 전 전투에서 내 스킬의 여파로 인해 부서진 창이다.

"작업이 생각보다 어려운 모양이구나. 벌써 반이나 고쳤을 줄은 몰랐지만."

뛰어난 연금술사인 데이지는 평범한 무기 따윈 연금마법으로 몇 분 만에 만들어낼 수 있다. 마력 가호가 담긴 무기도 데이지라면 순식간에 고친다.

하지만 그런 데이지도 시간이 걸릴 만큼 내 무기는 특수한 녀석이었나보다.

"전에도 설명했듯, 친구의 무기는 특별하게 만든 거라 연금마법으로 짠! 하고 만들어서 붙일 수가 없어. 원래 시간이 걸리는 일이니까 너무 신경 쓰지마, 친구."

"그럼요. 악셀의 무기는 용의 비늘도 뚫을 수 있어야 하니까요. 일민즐의 대장장이들이 혀를 내두르던 무기라고요."

사키도 그렇게 말했다.

처음에는 일민즐의 대장간들을 전전했으나 다들 도저히 못 고치겠다는 말을 하는 바람에 결국 데이지에게 부탁할 수밖에 없었다.

"의외로 일할 맛이 나서 즐거워. 노력과 시간이 드는 게 당연하지."

"하하, 고마워, 데이지."

고맙다는 인사를 하면서 테이블 위의 데이지를 쓰다듬자 기쁜 듯이 몸을 꼬았다.

"헤헤, 친구한테 칭찬받으니 기분 좋네. 의욕이 솟아."

"이 정도라면 얼마든지 해줄게. 이것 말고 해줬으면 하는 건 없어?"

"음, 아, 맞아. 할 일이라긴 뭐하지만, 슬슬 고고학 길드에 가봐야 해. 슬슬 상업 길드에서는 구할 수 없는 재료들이 필요해서."

데이지의 말에 나는 창밖을 바라봤다.

창문 너머로 모험가 길드가 보였다.

더 안쪽으로 들어가면 상업 길드 등 여러 시설이 있다.

"고고학 길드는 상업 길드 건너편 구석에 있는 건물이지?"

상업 길드 의뢰를 해치우는 동안 계속 도시 안을 돌아다녔기에 에니아드의 길은 대강 머릿속에 들어있었다.

"응, 거기야. 고고학 길드는 유적 탐색이나 고대 마도구, 소재를 보관하고 있으니까, 소재를 좀 얻던지, 기재를 빌리든지 할 수 있을 거야."

······그러고 보니 시드니우스가 『고고학 길드에 지인이 있으니까 볼일이 있으시면 한번 들러 주세요. 그리고 이 편지도 전해주셨으면 좋겠습니다』하고 편지와 추천장을 주지 않았던가?

편지는 지금 전해주면 되겠군.

"사실 기재는 잘 안 빌려주지만······ 내 지인들이 있으니 어떻게든 될 거야, 친구."

"그래? 오늘 갈까?"

이미 정오에 가까운 시간이었다. 지금 찾아가더라도 폐는 아니리라.

······편지와 추천장도 전해야겠고.

슬슬 움직일까 생각하고 있자니 바젤리아의 목소리가 들렸다.

"주인~ 설거지 끝냈어~!"

바젤리아가 부엌에서 나왔다.

"고마워, 바젤리아."

"주인의 요리를 먹을 수 있다면 이 정돈 아무것도 아냐. ······그런데 주인, 또 어디 가는 거야?"

바젤리아는 귀가 좋다.

설거지 도중에도 우리 대화가 들린 모양이다.

"응, 고고학 길드에 가려고. 준비는 됐어?"

"물론. 언제든지 갈 수 있어!"

바젤리아가 양손에 주먹을 쥐면서 말했다.

"저도 문제없습니다."

"나도 준비됐어."

"그럼 갈까, 고고학 길드로."

사막에 있는 고대 유적을 조사하는 길드라던데, 살짝 기대된다.

제2장 ◆ 모래의 힘

거점을 나온 우리는 에니아드 중앙에 있는 큰길을 따라 걷고 있었다.

이 길 막다른 곳에 고고학 길드가 있다.

"어째 아직 오전인데, 별로 사람이 없네."

평소라면 큰길 따라 열린 노점과 상인들의 호객 소리로 활기찰 시간대였다.

……오히려 아침에 봤을 때보다 사람이 더 적은데?

심지어 그냥 사람이 적은 게 아니었다.

사람들은 다 종종걸음으로 발이 급해 보였고, 상인들도 서둘러서 노점을 닫고 있었다.

뭔가 도시 전체가 서두르고 있는 것 같았다.

"어~ 그러네. 혹시 비가 오는 건가?"

바젤리아가 하늘을 올려다보면서 그렇게 말했다.

"그래…… 뭐, 확실히 비라도 내릴 것 같이 흐리긴 한데."

바젤리아 말대로 하늘이 '이상한' 검은 구름으로 덮여있었다.

보라색과 검은색이 섞인 게 천둥이라도 칠 것 같은 느낌이었다.

"으으음, 이 도시에 오고 나서 계속 흐렸는데, 오늘은 한층 더 어두침침하네요……."

사키가 그런 말을 중얼거렸다.

사키의 말대로 나는 이 도시에 온 이래 맑은 하늘을 본 적이 없었다.

항상 얇은 구름으로 덮여있었으니까.

다만, 먹구름처럼 어두운 것도 아니었기에 지금까지는 크게 신경 쓰지 않았다.

그렇지만 지금은 비가 내리는 것도 아닌데 요 일주일 중에 가장 어두웠다. 보라색과 검은색이 섞인 듯한 구름이 빛을 모조리 가리고 있었다.

나는 퍼뜩 며칠 전에 상업 길드에서 들은 이야기를 떠올렸다.

"……그리고 보니 상업 길드 접수처 직원이 보라색 구름이 나오면 조심하라고 했었는데."

고고학 길드 쪽에서 들어온 정보라면서 가르쳐준 이야기였다.

"흐음. 내가 이 도시에 있을 때는 그런 이야기 없었는데? 그 동안 기후가 변했나?"

내 가슴 주머니에 몸을 숨긴 데이지가 그렇게 말했다.

그렇다면 날씨가 꿰기 전에 우리도 서두르는 게 좋겠군.

그때.

──후우웅!

갑자기 강한 바람이 불어오기 시작했다. 문제는 그냥 바람이
아니라는 점이었다.

"으아~ 바람에 모래가 섞여 있어~ 입안에 모래가 잔뜩 들어
갔어, 주인~."

"그러게. 모래바람인가?"

바젤리아가 울상으로 말했다.

작은 모래 사이로 굵직한 모래들이 연신 바람을 타고 몸을 때
렸다.

꽤 성가시군.

우리만 그런 것도 아니었다.

"위험해! 곧 모래폭풍이 온다!"

"그, 그래. 헉…… 헉…… 서둘러서 물건을 챙기고 집으로 돌아
가자!"

큰 길가에 있던 사람들이 급하다는 듯 서두르기 시작했다.

노점을 정리하고 마차를 끌던 상인들이 멍하니 서 있던 우리를
보고 말을 걸었다.

"──거, 거기 당신들! 모래폭풍이 본격적으로 불기 전에 서둘

러 피해!"

"하아…… 하아…… 이 녀석 말대로 해. 10분도 안 돼서 위험한 모래폭풍이 불 테니 서두르는 게…… 하아…… 좋을 거야!"

아저씨들은 급하게 마차를 끄느라 땀범벅이 되면서도 그런 말을 했다.

"그래, 알았어. 고마워, 아저씨들."

"무얼 이쯤이야. 하아……! 우리도 서두르자! 거기 과일도 최대한 실어!

"알겠어!"

상인들은 그렇게 다시 짐을 정리하러 갔다.

우리를 걱정해 준 그들을 향해 가볍게 인사한 뒤 바젤리아를 돌아봤다.

"비가 내리는 게 아니라 모래가 내리는 거였군."

"으으~, 바람이 점점 강해져. 입에 모래가 더 들어가겠어."

"나중에 양치하세요, 용왕 하이드라. ……이대로 있다간 앞도 잘 안 보이겠어요."

"그래. 아저씨들도 어서 피하라고 했으니 ──서두르자."

여기까지 왔으니 이젠 돌아가기보다 고고학 길드로 가는 게 더 빠를 거다.

나는 세 사람이 고개를 끄덕이는 걸 보고 서둘러 길을 나아갔다.

그렇게 폭풍을 뚫고 가자 금방 고고학 길드가 보이기 시작했다.

고고학 길드는 커다란 가위 문양이 새겨진 문이 달린 3층 건물이었다.

"여기 맞지?"

"그래, 친구. 여기가 고고학 길드『스콜피오』야."

데이지가 문 옆 간판을 가리키며 말했다.

간판에는『고고학 길드 접수처입니다. 용건이 있는 분은 들어오세요』라는 문자가 새겨진 나무 간판이 있었다.

"안으로 들어오라는 건 문을 열고 들어가도 된다는 건가."

"아마도. 적어도 내가 있을 때는 다들 멋대로 들어갔어."

그럼 우리가 멋대로 들어가도 문제없겠군.

내가 문을 열려는 순간.

──끼익.

내가 열기도 전에 문소리와 함께 먼저 문이 열렸다.

나는 문 너머에 서 있던 거무스름한 옷을 입은 젊은 여성과 눈이 마주쳤다.

"어⋯⋯?"

그녀는 우릴 보더니 놀라서 눈을 동그랗게 떴다.

"다, 당신들! 괜찮아요?!"

그리곤 당황해서 다가오더니 그렇게 말했다.

"대뜸 괜찮냐고 물어봐도…… 무슨 말인지 모르겠는데?"

"무슨 말이냐니…… 그러고 보니 폭풍을 뚫고 왔는데 태연하네……? 당신들은 대체…… 어라?"

고개를 갸웃거리면서 그녀가 다가왔다.

그때 내 가슴 주머니에 숨어 있던 데이지가 머리를 쏙 내밀고 손을 들었다.

"앗! 오랜만이야, 미카엘라."

그러자 그녀가 또 한 번 놀랐다.

"데, 데이지 씨?! 그럼 같이 계신 분들은……!"

"맞아. 오늘은 동료들이랑 같이 왔어."

데이지가 편한 말투로 말했다.

낯가림이 심하고 경계심이 강한 데이지가 이런 태도를 보인다는 건…….

"이분이 네 지인이야, 데이지?"

"그래. 고고학 길드 마스터 중 한 명이야. 이 마을에 머물렀을 때 몇 번 대화를 나눈 적이 있어."

"길드 마스터 중 한 명?"

그러자 마키엘라라는 여성이 고개를 끄덕였다.

"아, 네, 네! 제가 길드 마스터입니다만…… 데이지 씨는 대체 언제 돌아오신 건가요? 그보다 어, 어떻게 이 사막에서 그런 장비로 모래폭풍을 지나온 거죠? 혹시 마력이나 내성이 높아서……."

"내성? ……무슨 소리야?"

그녀가 그러니까…… 하고 뭐라 할지 고민하던 차에 안쪽에서 누군가 문을 열고 나왔다.

"연구장님! 슬슬 『자람(紫嵐)』이 본격적으로 불 겁니다. 바깥문은 닫았으니, 들어오세요!"

그녀는 문을 열자마자 대뜸 그런 말을 하더니 뒤늦게 나와 눈이 마주쳤다.

"어?"

그리고 미카엘라와 같은 표정이 되었다.

"아니, 이분들은 자람이 부는데 왜 멀쩡하신 거죠?"

아무래도 그 자람이란 게 불면 뭔가 문제가 있는 모양이다.

"크흠……. 조금 당황하는 바람에 실례했습니다. 차근차근 설명해드릴 테니 어서 안으로 들어오시죠."

그렇게 말한 뒤, 미카엘라는 뒤에 있던 직원을 돌아보았다.

"줄리, 손님 맞을 준비를 해주세요."

"아, 네!"

직원은 고개를 끄덕인 뒤 안쪽으로 달려갔다.

"자, 가시죠. 모래폭풍이 강해지면 보통 시끄러운 게 아니라, 대화를 나누기도 쉽지 않거든요."

"그렇구나. 고마워, 미카엘라 씨."

조금 어수선하기는 했지만, 미카엘라는 우리를 정중히 맞이했다.

창을 고치는 김에 이 모래폭풍의 정보도 모아두어야 할 것 같다.

고고학 길드 건물은 이 도시의 상업 길드보다 작은 편이었다.

현관에는 일반 접수대 이외에도 『고대 유물 조사 · 매입』, 『탐색반 카운터』 같은 명판이 걸린 테이블이 여럿 있었는데, 각각 카운터마다 직원의 제복이 달랐다.

"설마, 용사님이 오신 건가?"

"에니아드에 왔다는 소문은 들었는데, 설마 여기서 보게 될 줄이야······."

다들 호기심이 강한지 직원들이 곁눈질하며 소곤댔다.

안에 있는 회의실로 향한 우리는 중앙에 놓인 테이블에 둘러앉았다.

"다시 인사드리지요. 저는 이 고고학 길드의 길드 마스터──연구부문 반장을 맡은 미카엘라 그레이스라고 합니다."

미카엘라가 차를 내주고 조용히 인사했다.

고고학 길드는 연구반과 탐색반으로 나뉘어 있다 들었는데, 진 짜였던 모양이다.

"나는 악셀, 운반꾼이야. 이쪽은 바젤리아, 사키, 데이지. 뭐 이미 잘 아는 사람들이지?"

그렇게 말하자 미카엘라가 조금 놀란 듯이 눈을 크게 떴다.

"당신이 용사와 함께 다니던 그 운반꾼이셨군요. 에니아드에 왔다는 소문은 들었지만……."

"아, 여기 온 지는 얼마 안 됐어."

"그러셨군요. 만나서 기쁩니다. 안 그래도 시드니우스에게 편 지를 몇 번 받았습니다."

시드니우스가 고고학 길드에 친한 사람이 있다고 했는데, 설마 길드 마스터였을 줄은.

"데이지 씨도 악셀 씨 동료였군요."

"맞아―. 그래서 여기 온 거기도 하고."

"그랬습니까. 데이지 씨도 오랜만에 만나서 기뻐요."

미카엘라는 잠깐 미소지었지만, 곧바로 후우, 하고 한숨을 토 하며 말을 이었다.

"그나저나 놀랐습니다. 설마 사람을 태연하게 맨몸으로 뚫고 오실 줄은……."

"그 사람이라는 건 이 모래폭풍을 말하는 건가? 딱히 춥지는 않던데?"

이 도시는 따듯하다고 할까, 더운 편이다.

날씨는 내가 온 이후로 줄곧 흐렸지만, 습기는 거의 없고 기온은 높기에 옷을 다들 얇게 입고 다닌다.

우리보다도 가볍게 입은 사람도 있었다.

"그게 아니라…… 이 모래바람은 보통 모래바람이 아닙니다. 아, 마침 잘됐네요. 저기를 한번 보시지요."

미카엘라가 그렇게 말하면서 손가락으로 회의실 창문을 가리켰다. 창문 너머로 폭풍에 휩싸인 큰길이 보였다.

"……굉장히 강한 모래폭풍이군."

심지어 모래도 보통 모래가 아니었다.

"보라색 폭풍이라서 자람이라고 부르는 건가."

"네. 다만, 색깔만 특이한 게 아닙니다. 큰길 앞에 있는 도랑을 한번 봐 주세요."

큰길 도랑에 빨간 사과가 한 개 떨어져 있었다.

방금 급하게 물건을 정리하던 상인이 떨어트린 모양이다.

"어라? 왠지 색깔이 바뀐 것 같은데, 주인."

"아니…… 바뀐 정도가 아니라, 말라서 쪼그라들었는데."

사과의 색깔이 빠르게 변하고 있었다.

썩는 게 아니라 시들고 있었다.

뭐라고 할까, 수분이 순식간에 증발해 말라비틀어지는 것처럼 보였다.

"⋯⋯뭐지 저건? 무슨 일이 일어난 거야?"

저게 사람이었다면 엄청난 참사다.

내가 미카엘라를 바라보자 그녀가 고개를 끄덕였다.

"네. 이 『자람』을 맞은 건 모두 저렇게 됩니다. 수분을 모두 빼앗기는 거죠."

"모래 색깔만 이상한 게 아니었구나."

"네. 그런데 저 보라색 모래가 가져가는 건 수분만이 아닙니다. 마력도 모두 빼앗아가죠."

미카엘라의 말을 듣고 데이지가 고개를 갸웃거렸다.

"내가 이 도시에 있을 때는 저런 이상한 폭풍 없었잖아? 그냥 모래폭풍은 있었지만."

"몇 달 전부 갑자기 생겨났으니까요. 저희도 바로 조사에 나섰습니다만 아직 알아낸 건 자람이 사막에서 불어오고 있다는 것과 마력이나 수분을 빼앗는다는 것뿐입니다. 한 번 불기 시작하면 한나절은 계속 이런 상태지요. ⋯⋯궁금하시면 창밖으로 살짝 손을 내밀어보세요. 금방 이해하실 겁니다."

"그럼 내가 해 볼게~."

그 말을 듣고 창에 가까이 있던 바젤리아가 살짝 창을 열었다.

모래가 섞인 바람이 살짝 새어 들어오는 와중에 바젤리아가 팔을 살짝 창밖으로 내밀었다.

"으음? 아무렇지도 않은데? 조금 따가운 것 같기도 하고……?"

바젤리아가 고개를 갸웃거렸다.

그녀를 보고 사키가 고개를 저었다.

"용왕 하이드라…… 당신, 너무 둔한 거 아닌가요? 흠, 조금씩이지만 마력이 흩어지는 게 느껴지는군요. ……상당히 미세한 수준이긴 합니다만."

"어? 정말? ……듣고 보니 피부가 조금 건조해진 것 같기도 하고? 수분을 빼앗겼나 봐!"

바젤리아의 반응을 보고 미카엘라가 쓴웃음을 지었다.

"사과랑은 달리 저희는 스테이터스라는 가호도 있고, 내성도 있으니 잠깐 팔을 내민 정도로는 어떻게 되진 않습니다. 더구나 에니아드는 사막과 달리 방호 결계가 있어서 좀 나은 편이지요. 물론, 평범한 사람이 저 폭풍 속을 걸었다간 순식간에 피부가 마르고 탈진하겠지만요. 여러분이 견디실 수 있는 게 오히려 놀랄 만할 일입니다."

그녀의 설명을 듣고 나니 슬슬 상황이 이해됐다.

"그럼 아무것도 모르고 저 폭풍 속에 있었다간 몸이 안 좋아질 수도 있었겠군. 가르쳐 줘서 고마워."

그러자 미카엘라가 멋쩍은 듯이 웃었다.

"아뇨, 당연한 일을 했을 뿐입니다. 자람이 마력을 빼앗는다는 걸 알아낸 이후로는 주민들에게 위험하니 조심하라고 알려드리고 있거든요. 『보라색 모래폭풍이 불 때는 조심하세요. 보라색 먹구름을 보면 실내로 피하세요』하고. 이번에도 똑같이 했을 뿐입니다."

그렇군. 그래서 상업 길드 직원이 그런 말을 했던 건가. 고고학 길드의 정보 덕분에 좀 더 빨리 움직일 수 있을 것 같다.

"그런데 오늘은 어쩐 일로 오셨나요?"

차를 한 모금 마시고 흥분을 가라앉힌 미카엘라가 나에게 그렇게 물었다.

"아, 단도직입으로 말하자면 고고학 길드에서 소재를 좀 얻을 수 있을까 해서 왔어."

뭔가 설명하기 좀 까다롭군.

"그리고 시드니우스에게 고고학 길드의 길드 마스터 앞으로 이 추천장이랑 편지를 전해달라는 부탁도 받았어."

시드니우스가 기왕 줬으니 써야지 하고 나는 편지와 추천장을 미카엘라에게 건넸다.

편지를 보자 그녀가 미소지었다.

"어머, 이 필적은 시드니우스가 틀림없군요. 한번 읽어보겠습니다."

"자세한 이야기도 편지에 쓰여 있을 거야. 궁금한 게 있으면 나한테 물어봐."

"네. 감사합니다. 그럼 잠시."

미카엘라는 눈으로 빠르게 편지를 읽어나갔다.

"아, 과연! 악셀 씨는 전직 용기사이셨군요. 용기사가 운반꾼이 됐다는 소문이 제일 믿을 게 못 된다고 생각했는데…… 설마 사실일 줄이야."

다 읽고 나서 제일 첫 마디가 그런 소리였다.

"그렇게 놀랄 일인가?"

"물론이죠, 저 말고도 다들 같은 반응이지 않았나요? 그보다 소재를 찾는다는 게 창을 고칠 소재를 말씀하시는 거였군요. 어떤 게 필요하신가요?"

"아, 그건 내가 이야기할게. 혹시 '양린(陽鱗)' 있어? 그리고 '고대 대장간'도 좀 빌려야 할 것 같아. 고고학 길드가 관리하고 있지?"

"아, 그건 지금은 좀……."

데이지의 말을 듣고 미카엘라가 살짝 미간을 찌푸렸다.

"어? 안돼……?"

"아, 아뇨, 그런 게 아닙니다. 저도 시드니우스와 일민즐을 도와주신 용사님들의 부탁이니 꼭 들어드리고 싶습니다. 다만……."

거기까지 말하고 미카엘라가 좀 곤란하다는 듯이 입을 열었다.

"지금은 어려울 것 같습니다."

"왜?"

"양린이나 고대 대장간은 저희 길드가 관리하는 『탐색 보관고』라는 곳에 있는데, 문제는 그 보관고를 열 수 있는 사람이 지금 행방불명입니다."

"행방불명이라니? 무슨 일이라도 있었어?"

그렇게 묻자 미카엘라는 고개를 끄덕이고 조용히 대답했다.

"그 보관고를 열 수 있는 건 탐색장 뿐인데, 그 탐색장이 도시를 떠난 뒤로 돌아오질 못하고 있습니다."

"그건 행방불명이라기보다 조난이네."

"네. 어제 긴급 염문으로 『뱀신님과 함께 사막에 갇힘. 귀환 불가』라는 문장이 왔습니다."

"다행히 살아는 있나 보군. 그런데 뱀신님이 누구야?"

"저희에게 협력해주시는 토지신입니다. 고대 마법에 정통하셔서 에니아드에서 추앙받고 계시지요. 특히 방어 기술 뛰어나셔서 그걸로 이 도시를 지키고 계십니다."

토지신이라는 말에 바젤리아가 어? 하고 목소리를 높였다.

"그거, 신의 피를 이어받은 환마 생물이잖아? 사람이랑 같이 다녀?"

"이번 의뢰가 뱀신님께서 주신 의뢰였습니다. 이상한 모래폭풍을 같이 조사해달라고 하셨지요."

"의뢰자가 토지신이었나."

나도 전쟁 시절에 몇 번인가 만나봤지만, 토지신들은 신의 피가 흐르기에 보통 강력한 힘을 갖고 있다. 그만큼 사람보다 많은 일을 할 수 있지만, 그렇다고 만능인 건 아니니 자기 힘으로 해결이 되지 않으면 의뢰를 내놓아도 이상하지 않았다.

······토지신이라면 주민들이랑 소통하기도 할 테고.

"토지신들은 보통 사람을 지키려고 하니 그런 의뢰를 내놓은 거겠지."

"네. 뱀신님은 특히나 헌신적인 성격이셔서······. 자기 걱정을 먼저 하셨으면 좋겠습니다만······."

미카엘라는 약간 씁쓸한 표정을 지었다가 고개를 젓고 다시 말하기 시작했다.

"어쨌든 이대로 뱀신님께 신세만 지고 있을 수는 없어서 저희도 가장 뛰어난 사람을 보내기로 했는데, 그게 바로 탐색장이었습니다. 탐색장은 《트레져 마스터》라는 상급 직업으로, 지금까지 몇백 번이고 조사를 나간 베테랑입니다."

"그런데 그런 긴급 염문이 온 거군."

"그렇습니다."

미카엘라가 신묘한 표정을 지었다.

이야기를 들어보니 그 탐색장의 실력은 믿을 만한 모양이었다. 그렇기에 저렇게 충격을 받은 거겠지.

"무슨 일이 있었는지는 모르겠습니다만, 그가 들고 간 물이나 마력 회복약 같은 걸 생각하면, 버틴다 해도 오늘 밤이나 내일이 고작일 겁니다. 지금도 모험가 길드와 협력해서 모래폭풍을 견딜 만한 사람들을 모아 수색 중입니다만……."

"아직 못 찾은 건가."

미카엘라가 고개를 끄덕였다.

"애초에 저 자람을 견디는 사람이 거의 없습니다. 염문 덕분에 수색 범위를 꽤 좁히긴 했습니다만…… 여전히 손이 부족합니다."

거기까지 말하고 미카엘라는 고개를 숙였다.

그리고 문득 나를 보았다.

"……저기, 악셀 씨. 이런 이야기를 해놓고 부탁드리기는 너무 뻔뻔하지만, 여러분의 실력을 믿고 의뢰를 맡기고 싶습니다. ──부탁드립니다. 구조를 도와주세요!"

미카엘라가 머리를 숙이며 부탁했다.

이미 고고학 길드에는 여력이 없는 모양이다.

나는 눈으로 동료들의 의견을 물어보았다.

"난 상관없어, 주인~. 주인이 하고 싶은 대로 하면 돼."

"아내인 저는 악셀의 표정만 보면 알 수 있답니다. 악셀이 하고 싶은 대로 하면 돼요. 저는 최선을 다해 협력할 테니."

"맞아, 친구. 굳이 물어볼 것도 없어."

역시 오랫동안 함께한 동료답군.

눈빛만으로 뜻이 전해지다니.

내가 어떻게 하고 싶은지 이미 다 알고 있다.

투구를 쓰고 다닐 때는 표정으로 감정이나 생각을 전할 수가 없었던 터라 의사소통이 어려웠다. 말로 모든 걸 일일이 전해야 하니까.

아마 다들 그때 내 생각을 읽는 게 익숙해진 거겠지.

참 좋은 동료들을 만났다.

나는 미카엘라의 어깨에 손을 얹고 그녀의 몸을 일으켰다.

"그렇게 고개 숙일 것 없어. 그 의뢰는 우리가 받지."

그러자 미카엘라가 다시 고개를 숙이며 감사를 전했다.

"가, 감사합니다. 이렇게 갑작스러운 부탁을 들어주시다니……."

"신경 쓸 필요 없어. 게다가 미카엘라 씨도 우릴 도와주었잖아? 그럼 우리도 도와줘야지."

"네? 제가요?"

"그래. 우리가 갑자기 찾아왔을 때 미카엘라 씨가 모래폭풍에서 구해줬잖아."

"아…… 그건 그렇지만…… 어차피 제가 아니더라도 여러분은 별 탈 없으셨을 텐데. 도와드렸다고 하기엔……."

"그럴지도 모르지만 우리를 걱정해 준 거잖아. 그럼 그걸로 충분하지. 그리고 당신도 말했잖아? 서로 돕는 게 당연한 거라고."

도움이 필요한 사람이 있다면 도와줘야지.

우리를 도와준 사람이라면 더욱.

이건 나도 동료도 같은 마음일 거다.

"그럼, 나도 도와줄게~."

"남편의 일은 제 일이기도 하니까요. 저도 가겠어요."

바젤리아와 사키가 그렇게 말하고 내가 한 말에 부드럽게 웃으면서 고개를 끄덕였다.

"미카엘라, 내 친구들을 믿어 봐."

데이지가 덧붙였다.

그러자 미카엘라가 살짝 놀랐다.

"감사합니다. 여러분들이 그렇게 말씀해주시니 마음이 놓이네요."

"안심은 의뢰를 무사히 마치고 나서 하자고. ……그래서 구체

적으로 어떤 상황이지? 자세히 가르쳐 줘."

"물론입니다. 자료를 드릴 테니 잠시 기다려 주세요."

미카엘라는 그렇게 말하고는 회의실 안에 있는 서랍에서 스크롤 몇 개를 꺼내서 가져왔다.

그중 한 장을 테이블 위에 펼쳤다.

찌그러진 타원 모양이 두드러진 지도였다.

그림 오른쪽 끝에 『에니아드』라고 적혀 있었다.

"사막 지도인가?"

미카엘라가 고개를 끄덕였다.

"네. 수색팀은 이 지도로 수색하고 있습니다."

"그렇군. ……여기 동그랗게 표시된 건 뭐지?"

지도에는 몇 군데 빨간 동그라미 표시가 되어있는 곳이 있었다.

"이건 부상 등으로 돌아오기 어려울 때를 대비한 합류 지점입니다. 사막이 워낙 넓은지라 몇 곳이 더 있습니다."

"흠…… 몇 군데는 사람 표시가 있는데, 이건?"

"이미 사람을 보내서 조사하고 있는 곳입니다."

설명을 들으면서 지도를 봤다.

빨간 원은 많이 있었지만 거의 모든 곳에 사람 표시가 있었다.

"남은 곳은 세 군데인가."

도시에서 조금 먼 곳에 둘, 아주 먼 곳에 하나가 남아 있었다.

"네. 도시 근처 지도는 대부분 탐색했습니다만 사람이 부족해서…… 이중 특히 위험한 곳이 여기입니다."

미카엘라가 손으로 가리킨 장소는 가장 먼 지점이었다.

"가장 먼 것도 있지만, 여기는 사막 안쪽입니다."

"모래폭풍과 싸우는 시간도 늘어난단 이야기군."

"네. 모래폭풍이 없어도 사막이라는 것만으로 가기 힘드니까요. 탐색장조차 모든 장비를 챙겨야 겨우 가는 곳입니다. 갈 수 있는 사람이 거의 없는 셈이죠. 더구나 지금은 자림을 뚫고 가야 합니다."

아무리 모험가라도 거기까지 갈 수 있는 사람은 없었다고 미카엘라가 덧붙였다.

"그렇지만 가능성이 있는 이상 안가 볼 수도 없습니다. 다만 쉽지 않은 길이니 가장 체력이 좋고 발이 빠르신 분이 가시는 게 좋겠지요."

나는 지도를 한번 보고 사키, 바젤리아와 눈빛을 주고받았다.

그녀들이 무슨 말을 하고 싶은지 굳이 말로 하지 않아도 알 것 같다.

"그럼 내가 가는 게 제일 낫겠군."

"네?! 악셀 씨가요?"

미카엘라가 의외라는 듯이 목소리를 높였다.

"다른 용사님이 아니라? 괜찮으시겠습니까?"

몇 번을 물어봐도 대답은 같다.

"물론이지. 내가 가장 적합해."

"이유를 알려 주실 수 있으신가요."

"일단 바젤리아는 갈 수가 없어."

"용기사 시절에도 파트너였다고 들었는데, 용이니 하늘도 자유 자재로 날아다닐 수 있고, 그쪽이 더 빠르지 않나요?"

"그렇지. 다만 이 폭풍 속에서는 원하는 대로 날기가 어려워."

그러자 바젤리아가 미안하다는 듯이 어깨를 움츠렸다.

"응. 맞아……. 용으로 변신해서 날아가려면 공중이건 지상이건 주위에 있는 것들을 날려버리니까…… 이런 상황에는 조절하기가 더 어려워."

바젤리아는 비행에 방해요소가 있으면 제대로 날 수가 없다.

정확히는 날 수 있지만, 혼자 정밀도가 떨어진다고 해야 할까?

모래 따위는 날려버리면 그만이나, 속도를 냈다가 실수하면 그대로 추락할 수도 있다. 만에 하나 그 밑에 구조자가 있으면 그대로 치일 거다.

내가 올라타서 도와주면 아무런 문제도 없지만, 공교롭게도 지금은 용기사가 아닌지라 과거 운송으로 스킬을 가져와도 만족스럽게 움직일 수가 없다.

　……결국 바젤리아는 가려면 두 다리로 걸어서 가야 하는 셈이다.

　게다가 거기 도착한다고 끝이 아니다. 주변을 계속 돌아다니며 수색해야 한다. 이 일에 바젤리아는 적합하지 않다.
　"사키도 얼음이 있다면 빠르게 움직일 수 있지만, 얼음은커녕 물도 없는 이런 상황이라면 내가 더 빠를 거야."
　"아니, 물이 있어도 저보다 빠르잖아요. 겸손은 됐어요……."
　사키가 살짝 불만스러운 표정으로 덧붙였다.
　"아니 뭐, 얼음 위라면 네가 더 빠르잖아……. 그리고 데이지는…… 이 작은 몸으로 거기까지 가는 건 좀 힘들겠지."
　데이지는 내 말을 듣고 응응, 하고 고래를 끄덕였다.
　"역시 친구야. 잘 알고 있네. 애초에 내가 맨몸으로 구조 활동을 하는 것 자체가 좀 어려워. 나는 친구가 무사히 의뢰를 끝내고 나면 바로 작업할 수 있게 작업 공정을 미카엘라에게 말해둘게."
　"그게 제일 효율적이겠네. 부탁할게. ——뭐 결국 남은 건 나뿐이라는 거지."
　다 오랫동안 함께한 동료들이다.
　서로 뭘 잘하고 못하는지 잘 알고 있다.

"그, 그렇습니까……. 저기, 그럼 잘 부탁드립니다. 그리고 만약 탐색장과 뱀신님을 찾았는데 직접 구조하기 어려운 상황이라면 한 번 돌아와서 좌표를 가르쳐 주세요."

"그래. 알았어. 바로 출발할까?"

"예? 잠, 잠시만요! 가시기 전에 고고학 길드 창고에서 사막 탐색용 도구를 드릴 테니 창고에 들러 주세요. 사막에 나가면 아무것도 구할 수 없으니 여기서 챙기셔야 해요."

"오, 그런 게 있구나. 그럼 어서 가자."

이번에는 조금 특수한 일이니 조금이라도 성공 확률을 올려야지.

최강 직업(용기사)**에서 초급 직업**(운반꾼)**이 되었는데,**
어째서인지 용사들이
의지합니다

제3장 ◆ 사막에서 보물을 찾는 것처럼

"창고는 여기서 조금 떨어진 곳에 있으니 일단 밖으로 나가야 합니다. 잘 따라와 주세요."

우리는 미카엘라를 따라 고고학 길드 뒷문으로 나왔다.

밖은 아직 보라색 모래폭풍이 불고 있었다.

바로 몸 주위에 모래가 달라붙었다.

……좀 움직이기 불편하군.

적어도 한나절은 계속 분다고 했으니 밤까지 이 상태겠지.

"모래폭풍 때문에 앞이 잘 안 보이니 조심해주세요. 바람이 옮긴 모래도 쌓여 있으니까요."

"알겠어."

밖으로 나가자마자 발밑에 위화감이 느껴졌다.

한 걸음씩 걸을 때마다 신발이 묻히는 느낌이었다.

평지를 걸을 때와는 상황이 달랐다. 어떻게 할지 생각하지 않으면 체력 소모만 늘어날 거다.

"눈 뜨기도 힘드네요."

사키와 바젤리아도 눈을 작게 뜨고 있다.

자람에 마력을 거의 뺏기지 않는다고 하더라도 모래폭풍인 건 변함이 없었다.

"그렇습니다. 자람을 조사한 지 몇 달이 지났지만, 저희조차 아직도 자람 안을 돌아다니기가 어렵습니다. 에니아드에는 기껏해야 일주일에 한 번꼴이니, 매일같이 부는 사막 안쪽에 비하면 나은 편입니다만, 한 번 불었다 하면 도저히 앞이 보이질 않아서…… 급하게 안내선을 만들어 놓았습니다."

미카엘라가 가리킨 것은 말뚝에 묶인 밧줄이었다.

말뚝이 몇 미터 간격으로 박혀있고 밧줄이 쭉 이어져 있었다.

"이 줄을 따라가면 돔 형태 창고가 나옵니다. 이 줄을 따라와 주세요."

나는 미카엘라의 말을 들으며 밧줄을 따라 눈을 옮겼다.

"돔 모양 창고…… 저건가. 음, 저기까지 이 폭풍을 뚫고 가려면 밧줄이 있어야겠군."

나는 창고 건물을 보며 말했다.

"그렇지요…… 어라?"

그러자 옆에 있던 미카엘라가 고개를 끄덕인 뒤 내 쪽으로 얼굴을 홱 돌렸다.

"악셀 씨, 여기서 창고가 보이세요……?"

"뭐, 모래폭풍 때문에 흐릿하지만 보이긴 해. 돔 모양 건물은 저거 하나밖에 없고."

걸어서 몇 분 정도일 거다. 모래폭풍만 아니면 밧줄을 쓸 것도 없는 거리다.

"그렇게 멀지도 않은데?"

"예?! 아니, 저는 아무것도 안 보이는데요? 방향조차 감이 안 잡혀서 밧줄까지 쳤는데…… 대단하시네요……."

"뭐, 옛날에는 자주 형형색색의 마법탄의 포격 속으로 돌진하곤 했으니까. 앞이 잘 안 보여도 주변을 살피는 게 익숙해서 그럴지도."

마왕 전쟁 시절에는 그야말로 화염, 연기, 마력탄 등 항상 무엇인가가 날아오는 것을 무릅쓰고 바젤리아에 탄 채로 돌진했었다. 그러는 사이에 앞 잘 안 보여도 볼 수 있도록 단련이 된 모양이다.

"주인은 정말 눈이 좋아. 난 그런 거 잘 못 하니까, 언제나 주인이 도와줬어~."

"용왕보다 눈이 좋다니 굉장하네요. 용기사 시절의 경험을 응용하고 계신 것도 대단하고요."

"뭐, 이젠 쓸 일이 별로 없지만. 어쨌든 빨리 가자."

폭풍 속을 몇 분 걸어가서 창고에 간신히 도착했다.

중후해 보이는 금속 문이 달린 건물이었다.

미카엘라가 그 문을 열었다.

"……항아리가 엄청 많군…… 아니 물병인가? 이건."

창고 안에는 수도꼭지가 달린 큰 병이 잔뜩 줄지어 있었다.
"네. 여기가 고고학 길드의 사막 탐색에 가장 중요한 아이템 저장고입니다. 자, 모래를 털고 들어가죠."

우리가 저장고에 들어가자 미카엘라가 재빨리 문을 닫았다.
"여러분 조금 어둑하니 발 조심해주세요."
저장고에는 창문이 있었지만, 모래폭풍 때문에 전혀 빛이 들지 않았다.
미카엘라는 창고 안에 불을 켜고 안으로 향했다.
"으으~ 잠시 밖에서 걸었다고 왠지 입술이 욱신거려……."
"공기 중에 있던 수분도 거의 날아갔겠죠. 피부에 안 좋아요."
"내 털도 부스스해졌어……."
옆에서 동료들이 머리카락이나 옷에 묻은 모래를 털면서 그렇게 말했다.
"후후, 그 폭풍 속을 몇 분 동안 걸어왔는데 그 정도인 걸 보니 역시 용사님들답네요…… 만약 제가 여러분 같은 복장으로 걸어왔다면 마력을 너무 빼앗겨서 죽었을 겁니다."

"자람의 위력이 그렇게 강하구나."

"네. 그래서 저희는 이런 걸 사용하고 있지요."

그렇게 말하면서 미카엘라는 물병에 붙어있는 수도꼭지를 돌렸다.

그리고 수도꼭지에서 나온 물을 컵에 따라서 우리에게 줬다.

"자, 이 『영수(靈水)』를 마시거나 뿌려 주세요. 기운이 돌 겁니다."

"와, 물이다~. 고마워~."

컵을 받자마자 바젤리아가 먼저 한 모금 마셨다.

"와, 와! 굉장해! 맛도 있고 피부도 원래대로 돌아왔어!"

바젤리아의 피부가 한눈에 알 만큼 윤기를 되찾았다.

바젤리아 옆에 있던 사키도 손바닥에 물을 끼얹었다.

"흐음, 피부에 끼얹으니 바로 흡수되네요. ……마력 회복 효과가 있어요. 평범한 물은 아니군요."

흥미롭다는 듯이 컵 안에 있던 물과 자신의 손을 번갈아 보면서 사키가 말했다.

"역시 마술의 용사님. 어떤 효과인지 알아채셨네요."

"잠깐 관찰한 결과지만요."

"그래도 한 번 본 것만으로 알아채시다니 굉장하십니다. 이 마법의 물병에서 나오는 건 마력이 담긴 영수입니다."

"영수라고 할 정도니 무언가 있으리라 생각했습니다만…… 꽤 효과가 강하네요."

나도 물을 한 모금 마시고 혀로 한번 입안에서 굴려봤는데 맛은 어쨌든 다른 물보다 흡수가 빠른 듯했다.

스며든다는 표현이 올바르겠군.

한 번에 몸속에 퍼지는 느낌이었다.

"사막에서 부는 바람은 상당히 건조하니까요. 이곳에 살기 위해 오래전 뱀신님의 고대 마법 지식을 빌려 만든 후 대대로 계승해온 마도구이지요. 아무리 건조해도 영수 한 컵이면 대부분 해결됩니다."

"굉장하네."

"이 사막에서 살려면 사실상 필수 아이템입니다. 수색대도 이 물을 마시면서 모래폭풍 속을 다니고 있습니다. 될 수 있는 만큼 많이 가져가 주세요."

"될 수 있는 만큼? 귀중한 물이잖아? 이 주머니에 넣어서 들고 갈 건데…… 이거 보기보다 꽤 많이 들어가."

내가 운송주머니에 손을 얹으면서 말하자 미카엘라가 웃으면서 고개를 세로로 흔들었다.

"괜찮습니다. 이 물 항아리 안에서 물이 저절로 솟아나거든요."

"그거 편리하네……."

"그러니 악셀 씨는 원하는 대로 가져가십시오. 담을 게 없는 분은 유리병이 있으니 거기에 담아서 드리겠습니다."

"그래, 고마워. 그 말대로 할게."

"자, 두 분 다 이걸 가지고 가세요."

미카엘라는 물병에 영수를 담아 바젤리아와 사키에게 나누어 주었다.

"와, 고마워, 그레이스~. 근데 물을 마신 지 얼마 되지도 않았는데, 벌써 말라버렸어~. 참을 순 있지만."

바젤리아가 목을 만지며 말했다.

"당신은 평소에도 체온이 높으니 금방 마르겠죠. ……뭐, 이 자람이라는 걸 한 번 맞으면 효과가 오래가는 것 같습니다만."

"사키 씨는 마법 쪽엔 정말 예리하시네요."

냉정하게 분석하고 있던 사키를 보고 미카엘라가 살짝 놀라움이 섞인 채로 고개를 끄덕여서 긍정했다.

"사키 씨가 말씀하신 대로 이것이 자람이 특히 위험한 이유입니다. 탈수와 마력 흡수가 워낙 강해서 영수의 효과가 금방 떨어지기에 계속 마셔야만 버틸 수가 있죠."

"……물이 다 떨어지면 위험하겠군."

"네. 그래서 탐색이 생각만큼 잘되지 않았습니다. ……아무리 용사분들이라도 너무 오래 있으면 탈수 증세가 일어날 테니까요."

"으으, 그레이스~. 영수 한 컵 더 마셔도 돼~? 목마른데."

"아, 여기 있습니다. 아까도 말씀드렸지만, 물은 저절로 솟아나니 얼마든지 마셔도 됩니다."

"와, 고마워~!"

미카엘라는 영수를 한 컵 새로 따라서 바젤리아에게 건넸다. 그러자 바젤리아가 기쁜 듯이 마시기 시작했다.

영수의 효과가 바로 나타나서 그녀의 피부가 다시 윤기가 돌기 시작했다.

다만 그건 용사들도 영향을 아주 안 받는 건 아니라는 의미였다.

물론, 용사는 격이 달랐다.

상급 직업조차 모래폭풍용 장비를 입어도 바로 물과 마력을 빼앗기는데, 그녀들은 조금 몸이 건조해지는 정도였다.

이것만으로도 이미 굉장한 것이었다.

용왕인 바젤리아도, 마술의 용사인 사키도 상급 직업과 차원이 다른 내성이 있다는 걸 알 수 있었다.

다만 이건 결국 용사도 조금은 영향을 받을 만큼 자람이 강력하다는 이야기이기도 했다.

내성이 있는데도 영향이 나오는 것이다.

……이제부터 폭풍을 뚫고 가야 하는데…….

악셀이 운송주머니에 물을 넣는 동안 미카엘라는 사막이 비치는 창을 조금 열고 바라봤다.

강한 바람이 불고 있었다.

　강한 바람이 창이나 문을 때려서 소리가 울렸고, 입의 작은 틈을 열려는 듯이 바람이 들어왔다.

　건조한 바람.

　살짝 숨을 들이켠 것만으로 목에 뭔가 걸린 듯한 느낌이 들었다.

　목과 혀를 적시려고 나오는 침마저 앗아갔다.

　억지로 입을 다물어도 입안으로 들어왔다.

　탐색은 저 바람을 헤쳐가며 영수를 끊임없이 마셔야 하는 싸움이었다.

　그런 걸 용사도 아닌 그가 정말 할 수 있을까……?

　자신이 부탁해놓고도 이런 의문을 갖다니, 꼴불견이었다.

　그렇지만 어쩔 수 없었다.

　상급 직업의 마력 방어와 내성을 가진 나조차도 이렇게 위험한데.

　이 모래폭풍은 사막에 가까워질수록 강력해진다.

　지금 악셀이 가려는 곳 또한 마찬가지.

　위험하다는 설명을 했지만, 악셀은 망설임이 없었다.

　아무리 평범한 운반꾼이 아니라고는 하지만…….

　너무 무모한 부탁을 한 게 아닐까?

이쪽이 억지로 부탁했으니 거절하기 어려웠을 뿐인지도 모른다.

……역시 말려야 할까?

내가 창문을 닫고 돌아서자 마침 악셀이 이쪽을 보고 있었다.

"아, 미카엘라 씨."

"어? 아, 네, 무슨 일이신가요?"

"이 마력이 들어간 물 말인데, 가져갈 만큼 가져가도 된다고 했지?"

"물론입니다. 그렇게 하셔야 저도 안심이 되니까요. 아, 혹시 다른 물병이 더 필요하신가요?"

그러자 그가 고개를 가로저었다.

"아니, 이 항아리를 다 비워서 말이야. 좀 더 가져가도 되나 싶어서."

"네……?"

그는 그렇게 말했다.

"다 비웠다고요?! …………어어?! 설마 안에 있던 물이 다 들어갔단 말인가요?!"

"응. 물이 계속 솟는다기에 계속 넣고 있었는데, 갑자기 끊겨서 놀랐다고.”

“아, 그야 계속 솟는다고 해도, 하루에 나오는 양이라는 게 있으니 그럴 수도 있긴 하지만…….”

항아리 하나만 있어도 며칠간 일상생활을 보낼 수 있다.

애초에 항아리 자체가 거대한 탓에 물이 솟아나지 않더라도 양은 많았다.

“그게 다 들어가고도 남는다니…… 아직도 여유가 있단 말입니까?”

“뭐, 이만큼만 있어도 다 돌고 올 수 있을 것 같긴 하지만, 여기 말고는 물을 구할 수 없다고 하니, 가능하면 한계까지 가져가려고. 괜찮지?”

“아, 네. 물론입니다. 아직 항아리는 많이 남았으니까요…….”

“잘 됐군. 아마 한 통 정도는 더 들어갈 것 같은데.”

아무렇지 않게 웃으면서 악셀이 그렇게 말했다.

“………….”

미카엘라는 말이 나오지 않았다.

너무 격이 다르다.

멍하니 보고 있자니 이번에는 바젤리아의 목소리가 들렸다.

“피부 통증이 사라졌어~. 이 물 굉장하네~. 주인도 물 마시……

어? 주인 피부가 탱글탱글해졌네."

"어, 정말이네요. 전혀 건조하지 않은데요?"

"그래? 목은 좀 마른 것 같은데."

"주인의 얼굴은 매끈매끈한데~? 내 얼굴이랑 비교하면 알겠지?"

바젤리아가 자신의 얼굴을 악셀의 얼굴에 비비면서 말했다.

"앗, 용왕 하이드라! 뭘 비비고 있는 건가요!"

"아니, 그냥 이렇게 하는 게 감촉이 어떤지 알기 쉽잖아. 주인은 어때?"

"탄력이 좀 생긴 것 같긴 한데…… 매끄러운 것 같기도 하고."

"그렇지~? 주인은 왜 멀쩡할까? 용기사 투구의 가호가 남아 있나?"

"설마, 그건 아니겠지. 마력 흡수나 탈수 내성이 강한 건지도 몰라."

"그런가~?"

"저보다 악셀의 피부가 강하다는 거겠죠! 결과가 나왔으니까 슬슬 떨어지세요, 용왕 하이드라!"

미카엘라는 그들의 대화를 들으며 생각했다.

……이 사람들이라면 맡겨도 괜찮을지도 몰라.

미카엘라는 계속 영수를 집어넣고 있는 악셀이 믿음직해 보이기 시작했다.

　영수를 보급하고 고고학 길드를 나선 우리는 미카엘라의 안내를 받아 사막으로 향했다.

　에니아드를 벗어나자 끝없는 모래밭이 눈앞에 펼쳐졌다. 드디어 사막에 발을 들인 것이다.

　"이게 고대 유적이 잠들어 있다는 에니아드의 명소인가."

　"지금은 자람이 부는 죽음의 사막이지만요."

　"참 무서운 이름이네. ……자, 그럼. 여기서 나는 쭉 앞으로, 바젤리아는 북쪽, 사키는 남쪽으로 간다. 알겠지?"

　미카엘라가 준 지도 복사본을 보면서 말하자 바젤리아와 사키가 고개를 끄덕였다.

　"물도 확실히 챙겼고, 준비됐어~."

　"문제없습니다."

　그녀들이 영수를 넣어둔 커다란 파우치를 보면서 말했다.

　"조심하세요. 영수가 반 남으면 망설이지 말고 돌아오셔야 합니다. 특히 악셀 씨는 제일 먼 곳으로 가시니 더욱 조심하세요.

　"그래, 계속 영수가 얼마나 남았나 확인하면서 갈게."

　아무리 많이 가져간다고 해도 무슨 일이 있을지 모르는 이상 방심할 순 없다.

　이런 일은 신중하게 해야 하는 법이다.

　"──꺅."

　그때 느닷없이 옆에서 걷고 있던 미카엘라가 발이 얽혔다.

　"──어이쿠. 괜찮아? 미카엘라 씨."

　내가 급히 잡아주자 미카엘라가 부끄러운 듯이 웃었다.

　"아, 네. 부끄러운 꼴을 보여드렸군요. 설마 제가 이런 실수를 할 줄은."

　"바람이 그만큼 강하니까."

　쓱 둘러보니 동료들의 발걸음도 평소와는 조금 달랐다.

　"둘 다 괜찮아?"

　"으으. 주인~ 아까보다 모래가 고운지 발이 더 푹푹 빠지는 것 같아~."

　"역시 에니아드와는 전혀 다르군요. 갈 수는 있습니다만."

　사막에 다리를 척척 붙이면서 두 명이 그렇게 보고했다.

　어쨌든 괜찮은 모양이다.

　나는 그렇게 생각하고 가슴 주머니에 있는 데이지를 지면에 내렸다.

　"오. 이제 가는 거야? 친구."

"그래. 에니아드에서 기다리고 있어."

"알았어. 친구가 돌아오길 기다리고 있을게!"

그렇게 말하고 데이지는 손을 들고 미카엘라에게로 향했다.

"그럼, 우리는 우리가 할 수 있는 걸 하러 가자, 미카엘라."

"네. 다만, 그 전에——."

그리고 데이지가 발 쪽으로 다가오자 미카엘라는 내 쪽을 보고 인사한 뒤 말했다.

"그, 이런 사막에서 서둘러 달라는 건 말이 안 되는 일이긴 합니다만, 부디 동료들을 도와주세요. 부탁드립니다…….."

"뭐, 그리 걱정하지마. 나도 슬슬 모랫바닥에 익숙해진 참이고. 그렇게 오래 걸리지는 않을 거야."

미카엘라는 무심코 고개를 갸웃하고 말았다.

"익숙해졌다니요……?"

그러나 미카엘라가 물어보기도 전에 악셀은 성큼성큼 앞으로 가고 있었다. 마치 그냥 평지를 가듯.

"어…… 저기. 모래밭이 아무렇지 않으신가요?"

"아까부터 계속 밟고 있었으니까 말이지. 이만하면 뛸 수도 있겠는데."

악셀은 시험 삼아 모래 위를 미끄러지듯 걸어가더니 이윽고 점점 발이 빨라졌다.

"요컨대 걸을 때 압력이 흩어지지 않도록 하면 되는 거잖아? 몸을 앞으로 기울이면 멋대로 모래가 옮겨 주니 오히려 더 편할지도."

악셀의 발이 점점 빨라졌다. 마치 달리듯이—— 아니, 달리기보다 빠르게 나아가고 있었다.

"어떻게 저럴 수가……?"

"그럼, 다녀올게."

악셀은 그 말만 남기고 그대로로 힘차게 달려갔다.

자람을 뚫고 새로운 바람을 만들어 낼 듯한 속도였다.

이 바람 속에서 저런 속도를 유지할 수 있다면 그의 말대로 금방 도착할지도 모른다.

"이 바람 속에서 용케도 뛰어가시네요……."

그러자 스트레칭을 하고 있던 바젤리아가 말했다.

"주인은 용기사 스킬 없이도 날 타고 날 수 있을 정도니까, 이 정도 바람은 아무것도 아니겠지."

"친구는 마왕과 전쟁할 때도 육탄전이 주였으니까. 몸 쓰는 건 따라올 사람이 없지"

데이지도 그렇게 말했다.

"그랬습니까……. 마왕 전쟁 이야기는 여러 번 들었습니다만,

설마 용사 중에서도 뛰어나실 줄은 몰랐네요.”

그가 어쩌다가 운반꾼이 되었는지는 알 수 없으나, 그가 최전선을 헤쳐 나온 용기사였다는 걸 다시 실감했다.

“우리도 슬슬 출발하죠, 용왕 하이드라. 악셀보다 가까우니 가능하면 빨리 끝내고 먼저 돌아와서 기다리고 있죠. 물론, 싫다면 저 혼자 기다려도 됩니다만.”

“내가 언제 싫다고 했⋯⋯앗─! 내가 말하는 사이에 벌써 출발했잖아!!”

“출발하자고 했을 텐데요. 그럼, 갔다 올게요.”

“으으! 나도 다녀올 테니까, 뒤는 잘 부탁해, 코스모스. 그레이스~!”

그렇게 두 사람도 걸어가기 시작했다.

바람 속을 겁내지도 않고 확실하게 걸어갔다.

그런 그들의 뒷모습을 보면서 미카엘라가 무심코 말했다.

“이게 용사님의⋯⋯ 아니, 하늘 나는 운반꾼의 파티인가요.”

“그래. 대단하지?”

“네. 정말, 정말 의지가 되네요.”

보라색 모래가 쌓이는 사막 한가운데에 한 줄기 빛이 빛나고 있었다.

정확히는 빛이 아니라, 뱀 모양의 하얀 벽으로 만든 공간이었다.

하얀 벽은 연신 불어닥치는 보라색 모래를 막아내고 있었다.

그냥 벽이 아니라 마법으로 만든 방어벽이었다.

그리고 그 벽 안쪽에 쓰러져있던 남자 하나가 하늘을 보며 겨우겨우 중얼거렸다.

"죄송…… 합…… 니다, 뱀신님."

남자의 옷에는 탐사용 도구가 잔뜩 달려있었다.

"아닙니다, 마이어스. 저는 제가 할 수 있는 일을 했을 뿐입니다."

남자—— 에드거 마이어스 옆에 똬리를 틀고 있던 거대한 하얀 뱀이 말했다.

"……저 때문에 괜히 마력을 사용하고…… 계시잖아요……. 다치셨는데도……."

에드거가 고개를 살짝 기울여 뱀신의 꼬리를 봤다.

아름다운 하얀 몸 끝, 꼬리 부분이 꺾여 있었고, 주변에는 마른 피가 달라붙어 있었다.

조사 도중, 하늘에서 떨어진 검은 말뚝에 맞은 탓에 생긴 상처였다.

에드거는 뱀신과 함께 매일같이 자람이 불어오는 지역을 조사하던 도중, 드물게 바람이 약해질 때가 있었다는 걸 알아냈다. 지금까지 줄곧 바람이 멈추지 않는 줄 알았던 곳이었다.

더 자세히 조사할 필요가 있다고 느낀 그는, 이윽고 보라색 모래로 된 회오리가 몇 개나 있다는 것을 발견했다.

회오리가 자람과 연관이 있다고 생각한 에드거와 뱀신은 회오리에 더욱 다가가려 했으나, 느닷없이 하늘에서 검은 말뚝이 날아왔다.

에드거는 뱀신 덕분에 목숨을 건지긴 했지만, 그 대신 뱀신이 중상을 당하고 말았다.

"이건 제가 겁도 없이 자람에 너무 다가간 탓입니다. 에드거가 사과할 일이 아닙니다. 상처도 포션으로 거의 다 나았고. 오히려 당신의 상태가 더 위험합니다."

뱀신이 충고했다.

그 말대로 상황은 좋지 않았다. 둘 다 상처를 치료하고 도시로 돌아가려고 했지만, 상처가 생각보다 컸던지라 결국 구조 포인트까지 가는 게 고작이었다. 그 뒤로 둘은 꼼짝없이 자람 속에서 몇 시간이고 버티는 수밖에 없었다.

뱀신께서 고대 마법으로 결계를 쳐 준 덕분에 어떻게든 버티고 있지만…….

거친 바람은 결계로 막을 수 있었지만, 보라색 모래의 탈수와 탈마력은 완전히 막을 수 없었다.

벌써 영수도, 포션도 전부 사용했다.

몸은 완전히 메말라 침도 나오지 않았다.

시야도 거의 뿌옇게 변했고, 몸이 무거웠다.

……절망적인 상황이었다.

하지만 여기서 포기할 수도 없는 노릇이었다.

"모처럼 자람의 단서를 잡았으니 당신은 살아남아야 합니다."

"예……."

그렇다. 자람을 연구하기 시작해 몇 달 만에 드디어 진척이 생겼다. 정황을 바꿀 만한 정보를 잔뜩 얻었다.

사막 오지에 있는 자람이 계속 부는 지대.

그곳을 관찰하면서 얻은 결과를 도시에 전달하면 이 기묘하고 흉악한 바람을 멈출 수 있을지도 모른다.

에니아드를, 고향을 지켜야 하는데…….

에드거는 여기까지 와서 포기할 순 없었다.

하지만 할 수 있는 것은 구조를 기다리는 것뿐. 당장이라도 마음이 꺾일 것 같았다.

멀어지려는 의식을 억지로 붙잡으며 버티고 있자니…….

"……음?"

옆에 있던 뱀신이 무언가를 발견했다.

"무슨…… 일입니까?"

"저쪽에서 무언가가 다가오고 있습니다."

에드거는 뱀신을 따라 고개를 돌렸다.

방어벽 밖에서는 여전히 보라색 모래가 불어닥치고 있었지만, 그 너머로 무언가가 바람을 뚫으며 다가오고 있었다.

"설마…… 폭풍을 뚫고 있는 건가……?!"

말 그대로 바람의 방향을 억지로 비틀 듯, 무언가가 저편에서 엄청난 속도로 다가오고 있었다. 처음에는 회오리가 다가오는 건가 했지만, 저런 회오리는 본 적도 없었다.

이윽고 이쪽을 알아차렸는지 무언가가 곧장 이쪽으로 다가오기 시작했다.

"이쪽으로 옵니다……."

뱀신도 눈을 크게 뜨고 있다.

대체 뭐지?

에드거는 곧 무언가의 정체를 알 수 있었다.

"여기 있었구나! 둘 다."

사막 위를 십 분 정도 걸어가자 구조 포인트에 도착했다.

나는 곧장 조난자를 찾아 돌아다니기 시작했다.

그렇게 몇 분을 돌아다니던 도중, 모래바람 속에서 하얀빛이 보이기 시작했다.

뭔가가 있구나 하고 그 빛을 따라 다가갔더니, 웬 하얀 결계 안에 남자 한 명과 커다란 뱀이 있었다.

미카엘라가 말했던 실종자였다.

"하얀색 큰 뱀과 단발 남자…… 당신들이 뱀신님과 에드거인가?"

그러자 바닥에 쓰러져있던 남자가 이쪽을 보며 대답했다.

"그렇네만…… 귀, 귀공은 누구지? 어떻게 여길……."

"구조 의뢰를 받은 운반꾼 악셀이야."

"운반꾼……?"

그러자 뱀신이 문득 생각났다는 듯이 말했다.

"설마…… 음유시인이 노래하던 『하늘 나는 운반꾼』입니까?"

"그런 셈이지. 고고학 길드 미카엘라의 의뢰를 받아 구조하러 왔어. ……그런데 누가 친 결계인지는 모르겠지만, 결계 안으로 좀 들어가도 될까? 이거 멋대로 다가가도 되는 건지 알 수가 없어서."

"아, 아, 네, 들어오세요. 【허가합니다】."

흰 뱀이 허가를 내자 나는 아무렇지 않게 안쪽으로 들어갈 수 있었다. 나는 우선 에드거에게 다가갔다.

"과, 과연. 소문대로 엄청난 운반꾼이군. 이런 혹독한 곳까지 올 수 있다니…… 콜록…….”

　말을 조금 했을 뿐인데 마른기침이 나왔다. 심각한 탈수 상태라는 증거였다. 마찬가지로 뱀신님도 비늘이 거의 메마른 상태였다.

　둘 다 이미 상당히 지쳐있었다. 나는 곧장 운송주머니 안에서 두 개의 관을 꺼내서 둘 앞으로 내밀었다.

　“영수야. 마실 수 있겠어?”

　“네. 감사, 합니다…….”

　뱀신이 관을 물고 물을 마시기 시작했다.

　그러자 메말랐던 비늘에 점점 윤기가 돌아오기 시작했다.

　뱀신은 이걸로 괜찮으리라.

　“미, 미안…… 안, 되겠어…….”

　에드거가 덜덜 떨리는 손으로 관을 잡고 입으로 물었지만 빨 힘도 없는지 전혀 마시질 못하고 있었다.

　나는 관 두 개를 더 꺼내 그대로 에드거와 뱀신에게 영수를 뿌렸다.

　영수는 곧장 둘의 몸에 스며들었다.

　“고맙다.”

　“우선 영수를 마시고 회복부터 해.”

영수는 뿌리기만 해도 탈수 증상과 탈마력 증상을 해결할 수 있다.

……미카엘라에게서 배우길 잘했군.

그렇게 생각하면서 계속 영수를 둘에게 뿌렸다.

몇십 초쯤 지났을까.

"……고마워. 하늘 나는 운반꾼. 제법 괜찮아졌어."

에드거가 몸을 일으키며 말했다.

아무래도 급한 불은 끈 모양이다.

"다행이군."

"그런데 영수를 이렇게 막 써도 괜찮은가?"

"쓸 때는 써야지. 얼마나 남았나 잠깐 확인해볼게."

운송주머니 안을 살피는 악셀의 보며 뱀신은 이렇게 생각했다.

구조할 수 있는 건 둘 중 하나인가.

그가 아무리 뛰어나다 해도 결국은 《운반꾼》.

사람 하나 정도는 업을 수 있겠지만, 그 이상은 불가능할 거다.

……하물며 사람보다 커다란 건 옮길 수 없겠죠.

탈수에서 회복했다고는 해도, 둘 다 모래폭풍을 뚫고 갈 정도
는 아니었다.

결국, 사막을 뚫고 옮겨야 하는데, 체격 차이를 생각하면 뱀신
을 업기란 사실상 불가능했다.

그래서 제게 물을 많이 뿌린 거겠죠.

고마운 배려였다.

이제부터 사막을 뚫고 돌아가야 하는데 물을 너무 많이 썼다.

지금도 돌아갈 길에 쓸 물을 어쩔지 생각하고 있겠지.

이만한 배려를 받았으면 충분했다. 여기 버려지더라도 불평은
없었다.

그러자 이 상황을 눈치챘는지 에드거가 돌아보았다.

"뱀신님……."

그가 슬픈 듯한 눈으로 나를 올려다봤다.

……여전히 생각하는 게 얼굴에 나온단 말이죠.

그런 표정 짓지 마십시오.

"──가세요, 마이어스. 당신이 먼저 가야 합니다."

그러자 에드거의 표정이 더욱 일그러졌다.

"……그랬다간 뱀신님이……!"

"괜찮습니다. 저는 조금이라 해도 신의 피를 이은 자. 인간보다

는 튼튼합니다."

"무슨 소리입니까! 벌써 체력도 마력도 거의 없으시지 않습니까……!"

"그렇다 해도 그대보다는 오래 버티겠지요. 더구나 그대가 길드에 저보다 더 잘 설명할 수 있지 않습니까? 그대가 감정이 앞서 여기 남은들 기쁘지 않습니다."

이건 감정으로 따질 문제가 아니다.

이대로 남아 봐야 에드거에게 해줄 수 있는 것도 없다.

살 기회가 있다면 살아야 한다.

"뱀신님……!"

에드거는 아무 말도 없이 고개를 떨궜다.

"제가 무력한 탓에……. 죄송합니다……."

고개를 숙이고 이를 악물면서 그렇게 말했다.

내키지는 않겠지만, 이해해준 모양이다.

"악셀 씨, 그렇게 됐으니 부탁드려도 되겠습니까?"

뱀신은 운송주머니 안을 확인한 뒤 자신을 빤히 바라보던 악셀에게 그렇게 말했다.

그러자――

"말 안 해도 둘 다 도시까지 옮겨 줄 테니 잠깐만 기다려 봐. 좀

처럼 크기가 감이 안 잡히네, 이거.”

　악셀은 진지한 표정으로 그렇게 말했다.

　“뭐?”

　“어?”

　“음, 뭐 이 정도인가. ──이 만큼 꺼내면 되겠지.”

　운송주머니를 강하게 흔들었다. 그러자,

　──쏴아.

　운송주머니 안에서 물이 나왔다.

　마치 비처럼 결계 안을 비처럼 적셨다. 영수에 한차례 몸이 더 젖었다.

　“무슨?!”

　“무슨 짓입니까?!”

　이해할 수 없는 행동에 에드거는 물론 뱀신도 놀라 소리쳤다.

　“뭐긴, 주머니를 비우고 있는 거지. 음, 뱀신님을 넣으려면 한참 더 빼야겠군. 아직도 물이 너무 많아.”

　악셀은 한 차례 더 뿌리며 말했다.

　“그만큼이나 쓰고도 영수가 남아 있단 말입니까……?”

"터무니없군…… 귀공은 운송주머니를 얼마나 단련한 건가?"

"이걸 단련했다고 표현하는 건 좀 이상한데. 아무튼, 둘을 발견했으니 영수를 더 가지고 있어 봐야 무겁기만 할 테고, 미카엘라 씨가 남는 건 대충 버려도 된다고 했으니까. ……음, 이만하면 둘 다 들어갈 수 있겠군."

그 말을 듣고 뱀신과 에드거는 마주 보았다.

그리고 동시에 악셀을 보고 말했다.

"둘……?"

"넣는……다고……?"

뱀신은 거기서 깨달았다.

"……설마, 그 운송주머니로 나와 에드거를 옮기려는 겁니까?"

그 물음에 악셀이 웃으면서 말했다.

"물론이지. 처음부터 말했잖아. 구조하러 왔다고. ──의뢰받은 대로 둘 다 확실하게 도시까지 옮겨 줄게."

데이지와 미카엘라는 에니아드와 사막의 경계선에 있는 경비 오두막에 있었다.

"사키 씨와 바젤리아 씨의 귀환 예정시간까지 십여 분……. 악셀 씨는 아직 몇 시간……."

가뜩이나 사람 탓에 앞도 잘 안 보이는데, 날까지 어두워지면 그대로 길을 잃을 수도 있다.

게다가 시시각각 줄어드는 영수는 사실상 시간제한이나 마찬가지.

그래서 출발하기 전에 귀환 예정시간을 정해놓았다.

누가 제일 먼저 돌아올지는 모르겠지만.

······어쨌든 무사히 돌아와 주세요······.

그렇게 생각했을 때였다.

"아! 미카엘라! 저길 봐! 왔어!"

데이지가 목소리를 높이면서 손가락으로 가리켰다.

"악셀 씨······?!"

데이지의 말에 고개를 드니 악셀이 굉장한 속도로 이쪽으로 오는 게 어렴풋하게 보였다.

아직 한 시간도 안 지났는데?

······출발했을 때 보여줬던 속도라면 탐색 포인트를 찍고 돌아와도 이상하지는 않았다. 악셀의 발놀림은 인간을 초월한 수준이었다.

즉 그가 돌아온다는 것은 물을 다 썼거나, 이미 목적을 완수했다는 의미였다.

"뭐. 뭡니까, 그 속도는! 출발할 때보다 더 빨라지신 것 같은데요?! 정말 운반꾼이 맞는 건가요?"

"응."

"아무렇지도 않게 대답을…… 저게 보통인 건가요?"

"으음, 그건 아닐걸. 오히려 사막이라 느려진 거 같은데."

"저게 느린 거라고요?!"

말도 안 된다.

하지만 악셀은 고고학 길드의 누구보다도 빠르게 오고 있었다.

도저히 믿기 어려운 이야기지만, 눈앞에 현실이 있었다.

그렇다면 그게 현실이겠지.

그게 고고학 길드 연구반의 모토다.

보아하니 악셀은 혼자서 돌아오고 있었다.

그는 운송주머니에 사람이나 생물을 넣을 수 있다고 했다.

뱀신님이나 에드거의 덩치가 어느 정도나 되는지도 물어보았다.

재본 적은 없으니 대략적으로밖에 말해줄 수 없었지만, 그래도 그 정도라면 둘 다 넣을 수 있다고 했다.

하지만 그건 둘을 발견했을 때뿐. 구조 포인트에 아무도 없다면 의미가 없다. 결국, 악셀에게 직접 물어보기 전까진 결과를 알 수가 없었다.

미카엘라는 데이지와 함께 오두막 밖으로 나왔다.

"어이~, 여기야, 친구!"

오두막 밖에서 데이지가 손을 흔들면서 소리를 지르자, 악셀이 우리를 쳐다봤다.

악셀은 그대로 달려 오두막으로 다가왔다.

"데이지, 미카엘라 씨. 여기서 기다리고 있었나."

"그래, 뭐, 앞으로 어떻게 할지 이야기했을 뿐이니까 어디라도 가능하고, 여기 있으면 누가 돌아오는지 확인할 수 있으니 딱 좋잖아. 도시 근처에서 무슨 일이 있으면 바로 갈 수 있고."

"그래, 고마워, 둘 다."

악셀은 숨 한 번 헐떡이지 않고 대답했다.

그만한 속도로 한 시간 가까이 자람 속을 뛰어다녔는데, 전혀 지쳐 보이지도, 메말라 보이지도 않았다. 믿을 수 없었다.

"아닙니다. 악셀 씨야말로 무사히 돌아오셔서 다행입니다!"

"그래. 돌아온 건 나 혼자가 아니지만."

"설마……."

"의뢰는 확실히 완수했어, 미카엘라 씨."

그렇게 말하고 그는 운송주머니를 땅에 내려놓고, 입구를 크게 열었다.

운송주머니 안에서 흔들리기를 몇십 분.

조금 회복했다고는 하나, 체력을 심하게 소모한 에드거는 눈을 감고 쉬고 있었는데, 갑자기 악셀의 목소리가 들려왔다.

"도착했어, 에드거."

에드거는 무거운 몸을 이끌고 운송주머니 밖으로 나왔다.

"으……?"

처음 느낀 것은 사막보다 훨씬 약한 바람이었다.

바람이 여러 건물이나 결계에 부딪히면 이렇게 약해진다. 도시에 있을 때 이런 바람을 항상 쐬고 있었다.

도착했다니, 설마…….

그런 생각과 동시에 에드거는 눈을 떴다.

그러자 익숙한 풍경이 눈에 들어왔다.

"탐색장! 괜찮습니까!"

잘 아는 얼굴도 눈앞에 있었다.

도시의 길드에서 계속 기다렸을 길드 동료 미카엘라였다.

"아…… 그래. 그런대로…….."

"다행이다……. 지금 《의사》를 불렀습니다. 뱀신님과 같이 진찰을 받으면서 병원으로 가요."

아무래도 미리 준비하고 있었던 모양이다.

고개를 끄덕이면서 에드거는 눈을 비비고 주위를 살폈다.

꿈이 아니었다.

분명히 자신의 고향인 에니아드가 눈앞에 있었다.

"정말 돌아……온 건가……?"

"그런 것 같군요, 마이어스. 설마 다시 이 풍경을 볼 수 있을 거라고는 생각지도 못했습니다."

그런 말을 중얼거렸는데 옆에서 뱀신의 목소리가 들렸다.

고개를 돌리니 악셀이 손에 그녀를 운송주머니에서 꺼내고 있었다.

"좋아, 이걸로 운반 완료. 둘 다, 몸은 괜찮아?"

뱀신의 몸을 다 꺼내고 운송주머니를 다시 허리에 찬 악셀이 지면에 주저앉은 이쪽을 보고 말했다.

그런 그를 보고,

"고, 고마워……."

에드거가 뜻하지 않게 눈물을 흘렸다.

그만큼 바라던 물을 마셨기 때문인지 눈물이 멈추지 않았다.

메말랐던 몸 어디에 있었는지 궁금해질 정도로 눈에서 물이 흘러나왔다.

굳게 붙잡고 마음이 한 번에 풀린 것처럼.

"사실은 이제 죽었다고 생각했어……. 한 번 더 이 도시를 볼 수 있다니……."

"운반꾼 악셀 그란츠. 구해 줘서 고마워……!"

그렇게 인사하는 것을 보고 악셀은 부드럽게 고개를 흔들었다.

"인사는 됐어. 의뢰를 완수했을 뿐이니까."

내가 도착하고 얼마 지나지 않아서 《의사》나 《약초사》, 의원과 고고학 길드 직원들이 도착했다.

　다들 우수한 사람들인지, 에드거와 뱀신을 척척 진찰하더니 그 자리에서 약을 몇 개 사용해서 응급처치했다.

　치료를 받는 동안에도 에드거는 계속 나에게 인사했지만, 그나마도 긴장의 끈이 끊어졌는지 곧 그대로 쓰러져 기절했다.

　의사 말로는 잠깐 기절했을 뿐, 생명에 지장은 없단다.

　에드거와 뱀신이 들것에 실려 가는 걸 보고 있는데 뒤에서 목소리가 들려왔다.

　“으아~. 역시 주인 쪽이 빨랐구나~.”

　“윽…… 최선을 다했는데 늦었네요…….”

　바젤리아와 사키였다.

　“오, 어서 와, 둘 다.”

　“응, 고마워 주인. 그런데, 내가 그 말을 하고 싶었는데……!!”

　“남편한테서 어서 오라는 말을 듣는 것도 좋지만……! 크윽…… 좀 더 단련해야겠어요…….”

둘이서 왜인지 양 주먹을 쥐고 부들거리고 있다.

시합도 아닌데 왜 그런 걸 신경 쓰는 건지. 하지만 향상심은 좋은 거니 모른척하기로 했다.

"보아하니 의뢰는 무사히 해결한 모양이네요."

"저기 실려 가는 사람이 구조대상이었지? 왠지 고고학 길드 사람들이 기뻐 보여~."

두 사람이 주위를 둘러보면서 그렇게 말했다.

"악셀은 정말 굉장하네요. 저희보다 빨리 움직인 것도 모자라 사람도 구해왔으니."

"내가 간 곳에 구조자가 있었을 뿐이지. 고생은 다 같이 했잖아?"

내가 둘을 찾은 건 우연이었을 뿐이다. 사막을 달린 건 셋 다 마찬가지다.

"아, 주인~, 주머니가 또 빛나고 있어!"

바젤리아가 내 가슴을 가리키면서 그렇게 말했다.

내려다보니 가슴 주머니에 넣어둔 스킬표가 빛나고 있었다.

【감정 수송 완료 조건달성——《운반꾼》레벨업】

【스킬 취득 단계 EX 2.2 용량 200% 증가 신축률 100% 증가】

"오, 이번 일로 레벨이 올랐나."

역시 처음 온 도시에서 새로운 자극을 받으면 레벨도 오르기 쉬워지는 모양이다.

"역시, 주인은 성장이 빠르네~. 나도 본받아야지……!"

바젤리아도 자극을 받은 모양이고.

"여러분! 이번에는 정말 감사했습니다!"

미카엘라가 이쪽으로 오더니 허리를 숙였다.

"위험한 의뢰를 받아주신 데다 동료까지 구해 주셨으니, 아무리 감사해도 부족합니다."

"의뢰받은 대로 했을 뿐이니까. 신경 쓸 것 없어."

에드거가 살아난 것도 결국 본인이 열심히 모래폭풍 안에서 버틴 덕분이다.

"내가 한 건 그를 도시로 운반한 것뿐이고."

"그 의뢰가 가능한 건 악셀 씨뿐이었으니, 감사하는 게 당연하죠."

미카엘라가 웃으면서 말했다.

"이 답례는 고고학 길드에서 최선을 다해서 해드리겠습니다. 데이지 씨와도 이야기했습니다만, 소재를 빌려드린다거나 하는 것도 상황이 안정되면 다시 연락을 드리겠습니다."

"그래, 알았어. 좋을 대로 해."

"네. 그리고 지금 고고학 길드에 납품하는 술집에 간단한 연회 자리를 마련했습니다. 의뢰 달성 기념으로 특산물도 많이 준비했으니 참가해 주시면 기쁘겠습니다."

"오, 정말? 오늘은 꽤 뛰어다니느라 배고팠는데, 마침 잘됐군."

영수 덕분에 목은 마르지 않았지만, 배는 고팠다.

"그럼 사양하지 않고 참가하지."

"네, 부디 즐겨 주세요."

그렇게 우리는 고고학 길드가 연 연회에 참가해서 길드 직원들에게 감사 인사와 축하 인사를 받으며 맛있는 음식을 먹었다.

자람은 아직 해결하지 못했지만, 사람은 구할 수 있어서 다행이다 하고 고고학 길드 사람들의 웃는 얼굴을 보며 그렇게 생각했다.

막간 ◆ 얻은 자와 끝낸 자

왕도 중앙에 있는 왕성.

이 왕성의 한쪽에는 국군들이 일하는 탑이 있다.

군인들이 일하는 만큼 튼튼하게 만들어졌고, 중후한 마술 방어 결계도 몇 중으로 걸려 있었다.

탑의 중앙에는 집무실이 있었는데, 그 집무실에 두 사람이 바쁜 듯 서류 다발을 바라보고 있었다.

"크윽, 긴급사태라고 불러놓고 이런 일을 시키다니……!"

그중 한 사람.

집무실 책상에서 검의 용사 팡이 신음하고 있었다.

"조금만 더 하면 악셀 씨를 따라잡을 수 있었는데……!!"

그렇게 중얼거리면서 팡은 서류 다발을 보고 이따금 사인하고 『확인 완료』라고 적힌 상자에 넣었다.

그러나 이렇게 서류 하나를 정리하고 있는 동안에도……

"팡 님! 서류를 더 가져왔습니다! 이건 각 도시에서 일어난 폭동을 정리한 자료입니다!"

"팡 대장! 이건 마왕의 잔당과의 전투 기록이다. 받아줘."

"용사님, 이 서류도 확인해주세요——."

집무실에 온 군 관계자들이 서류를 선물해주는 바람에 서류의 산은 계속 늘어만 가고 있었다.

돌아오자마자 계속 서류작업만 하고 있었다.

"…………이거, 정말 제가 전부 확인해야 하는 건가요?"

그러자 같은 집무실 옆 책상에서 같은 일을 하던 묘령의 여성인 부장이 최선을 다해 고개를 끄덕였다.

이게 끝날 때까지 보내드리지 않을 겁니다, 하고 말하는 듯한 눈빛으로.

"크윽…… 어쩔 수 없지. 이렇게 될 줄은 알고 있었으니까. 할 수밖에 없는데…… 아악! 악셀 씨랑 만나고 싶은데! 젠장……!"

조금만 더 따라가면 됐을 텐데! 하고 팡이 구시렁거리면서 서류를 확인했다.

그때.

"음?"

한 서류에서 눈이 멈췄다.

팡은 한번 숨을 쉬고 서류를 자세히 읽은 뒤,

"······부장, 잠깐만요."

부장을 불렀다.

"무슨 일입니까? 미리 말해두겠지만, 지금은 빠져나가는 걸 도와드리지 않을 겁니다."

"그건 다음에 부탁할 테니 괜찮습니다. 그보다 이 마인에 대한 보고 말입니다만, 부장도 봤습니까?"

서류 하나를 보여주자 부장의 눈이 진지하게 변했다.

"마인을 숭배하는 신흥종교 건이군요. 사람의 말을 할 수 있는 마인이나 마수가 마인이 되려는 인간을 모으고 있다는 보고입니다. 실제로 각 도시에서 누군가 은밀히 그런 인재를 모으고 있다는 소문이 돌고 있지요."

그녀의 말에 팡이 고개를 끄덕였다.

"그렇군요. 군의 정보에 따르면 『코카쿠』라는 마수 또는 마인이 신도 사이에 있다고 합니다. 최근에 마인이 출현했다는 보고가 하나둘씩 들어오고 있는데, 이 『코카쿠』라는 녀석이 뒤에서 손을 쓰고 있는 게 아닐까요?"

"그것까진 모르겠습니다. 다만, 마인 지원자가 늘어나는 건 좋지 않겠지요."

"네, 그렇죠. 저희는 마인이라는 단어를 싫어하니까요."

전쟁 시대에는 몇 번이고 끔찍한 사태가 벌어졌다.

신을 눈엣가시로 여기고 신의 은혜를 받는 인간에게 위해를 가

하는 녀석들이 많았다.

　마왕을 토벌한 이후로는 거의 다 처리해 종적을 감추었나 싶었는데…….

　"이건 가만히 두고 볼 수가 없군요."

　"안 그래도 추가 조사원을 파견했습니다. 만약 이 신흥종교의 내막이 진짜 마인이라면 정보를 모아야 하니까요."

　"잘했습니다, 부장. ……다만, 예감이 좋지 않으니 이번에는 제가 직접 나서지요."

　그러자 부장이 고개를 끄덕였다.

　"팡 대장이 나선다면 안심할 수 있겠지요. 이렇게 될 줄 알고 이 일을 끝내면 왕도를 나서실 수 있도록 준비해뒀습니다."

　"오오! ……가만? '지금' 빠져나가는 건 안 도와주겠다더니, 이렇게 될 걸 알고 있었습니까?"

　부장은 아무 말도 하지 않았다. 그렇지만 옆얼굴에 미소가 보였다.

　아무래도 그런 모양이다.

　뭔가 속은 것 같은 기분이지만, 어차피 서류보다는 현장이 더 익숙했다.

　이 나라와 도시가 평화로웠으면 좋겠다.

　평화를 지키기 위해서 이 자리에 앉았다.

　……제가 존경하는 사람이 안심하고 여행할 수 있게 만들고 싶

으니까요. 그걸 실천할 기회입니다.

"어디 보자, 그럼 저도 도시를 돌면서 이 정보의 진위를 확인하고 문제가 생기기 전에 해결하기 위해서라도 빨리 쌓인 작업을 끝내야겠네요. 부장, 이 서류작업에서 해방되는 걸 도와주시기 바랍니다."

어두운 공간.

큰 옥좌 하나가 홀로 빛을 받고 있었다.

옥좌에는 인간처럼 생긴 검은 안개가 앉아 있었다.

둥둥 뜬 채로 모양을 바꾸는 안개는 사람이었다가 날개 달린 짐승이었다가, 몇 번이고 모습을 바꾸고 있었다.

"자풍경(紫風卿) 아메밋, 내 기사여."

약간 높은, 잘 울려 퍼지는 목소리였다.

그러자, 코카쿠가 앉아 있는 왕좌 앞에 사람 그림자가 나타났다.

날렵한 인간의 몸과 곤충을 섞은 듯한 충인(蟲人)의 모습이었다.

아메밋은 그 개미를 닮은 머리로 삐걱거리는 듯한 목소리를 내며 대답했다.

"예, 여기 있습니다, 코카쿠 님. 이 아메밋, 경과를 보고하러 왔습니다."

"그래. 순조로운가?"

"물론입니다. 이 땅에 임명받고 수련할 수 있도록 해주신 덕분에 코카쿠 님께 받은 경 지위와 힘을 마음대로 다룰 수 있게 되었습니다."

아메밋은 자신의 오른팔을 보며 말했다.

그의 오른팔은 보라색과 검은색이 섞여 있어, 왼팔보다 한층 커져 있었다.

"——요전에도 제 폭풍에 가까이 온 인간과 토지신을 튕겨냈습니다. 지금쯤 죽었을 겁니다."

아메밋이 웃으면서 말했다.

"힘을 조절도 익숙해졌습니다. 이제 예정대로 신이 남긴 유적과 신의 피를 이은 뱀이 사는 곳을 공격하고 도시 방어 기능을 차례대로 파괴하기만 하면 됩니다."

"순조롭게 도시를 약화하고 있구나."

"예. 잘 된다면 신을 향한 감사나 영향력을 쇠퇴시킬 수도 있을 겁니다. 그리고 끝내는 우리에게 심취하게 만들 수 있겠지요."

"문제라면 길드나 모험가들인가."

"코카쿠 님에게 힘을 받은 이 아메밋. 그런 평범한 녀석들한테 당할 정도는 아닙니다."

"그런가? 그래도 경계를 늦추면 안 된다. 그 운반꾼이 사막 도시에 있다고 들었다."

그렇게 말하자 아메밋의 표정이 진지해졌다.

"전직 용기사라는 그 운반꾼 말씀입니까? 사군(四君) 중 한 명인 빙호군 베인 님을 쓰러트렸다던……?"

"맞다. 어쩌다 그렇게 됐는지는 모르겠다만, 나와 나이가 비슷한 빙호군을 죽였다."

"설마 그를 쓰러트릴 수 있는 존재가 있을 줄은……."

그렇다. 그는 사람을 상대할 때 비길 데 없이 강하다는 걸 자랑으로 여기고 있었다.

대지에 붙어있는 한 죽지 않는 데다 강한 독도 가지고 있었다.

땅에서 멀어지면 회복 능력은 떨어지지만, 근접 전투 기술이 뛰어났고 육체도 튼튼했다.

그런데도 패배했다.

"나 또한 예상하지 못했다. 그러나 계획을 위해 목숨을 버렸으니 그도 만족했겠지. 『대지가 아니라 나무 위에 사는 일민즐이 싫다. 그래서 쐐기를 박았다』라고 진심으로 기쁜 듯이 말했었으니. 남은 삼군도 분발 중이다."

거기까지 말하고, 덧붙여서 코카쿠는 아메밋에게 조용히 충고했다.

"그 운반꾼을 조심해라, 아메밋."

그렇게 말하자 아메밋이 크게 고개를 끄덕였다.

"예. 명심하겠습니다. 다만 제 거점은 그 녀석들이 있는 도시에서 멀리 떨어진 곳에 있으니, 놈들도 그렇게 쉽게 올 수는 없을 겁니다. 게다가 코카쿠 님께서 주신 힘으로 자람을 일으키고 있는 한, 녀석들은 제 모습을 볼 수 없겠지요. 녀석이 아무리 강하다고 한들 보이지 않으면 닿을 일도 없습니다."

아메밋은 자신의 오른팔을 소중하다는 듯이 문지르면서 미소 지었다.

"힘을 완전히 제어할 수 있게 된 지금, 거의 온종일 바람을 일으킬 수 있으니, 모래바람 속에서 저를 찾아내는 건 불가능할 겁니다."

"흠…… 그렇다면 다행이군. 경계하면서 일을 처리해라. 만일 쓰러트릴 수 있으면 쓰러트려라. 그때는 너에게 작위—— 힘과 칭찬을 주지."

그 말을 듣고 아메밋이 눈을 빛냈다.

"예……! 꼭, 이 힘으로 전공을 세우겠습니다, 코카쿠 님."

"그래, 그럼 됐다. 그런데 용사…… 아니, 지금은 운반꾼 파티인가. 녀석들은 대체 어떻게 빙호군을 죽인 거지……."

아무리 생각해봐도 이해가 되질 않았다.

그리고——.

"전직 용기사이자 용사인 악셀……. 그런 자가 왜 운반꾼 일을 하는 거지?"

운반꾼은 초급 직업이다.

용사와는 비교할 수도 없는 직업이다.

"속임수가 아닐지요? 전직이 거짓인지 현직이 거짓인지는 모르겠습니다만."

"운송주머니를 가지고 있으니 운반꾼인 건 틀림없는데……. 굳이 전직을 속여봐야 무슨 의미가 있는지 모르겠군. 설령 둘 다 본인이라 해도, 그 전쟁 후 종적을 감췄던 악셀이 왜 운반꾼 노릇을 한단 말인가?"

결국, 아무런 대답도 내놓을 수가 없었다.

"그 하계의 생물들을 보고 비웃기나 하는 녀석들이 용사라는 유용한 말을 스스로 버리진 않을 것 같은데……."

"녀석들은 신이 인정하지 않으면 전직도 불가능하니까요."

장기 말이 강할수록 신들의 유희도 늘어난다. 그들이 스스로 즐거움을 버리다니, 그럴 리가 없다.

하지만 결과는 그렇게 됐다.

"신과 친한 인간도 있고, 간단한 소원 정도는 들어줄 수도 있겠지만…… 그래도 용사라는 말을 놔줄 정도로 너그러울 리가 없다."

"대체 무슨 짓을 한 걸까요? 신을 위협하기라도 한 걸까요?"

"인간이? 그러면 진작에 죽었을 거다. 그건 아니겠지."

신과 인간 사이에는 힘의 차이가 있다.

절대적인 차이가.

"……정말 모르겠군. 본인에게 직접 물어보면 금방 알아낼 수 있을 것을⋯⋯."

"그렇게 쉽게 대답해주진 않겠지요."

그게 가장 빠르겠지만 아메밋의 말 대로 순순히 가르쳐 줄 것 같진 않았다.

"다만, 무시할 수도 없는 일인 건 틀림없다. 나는 돌아가 용사의 정보를 모아야겠다. 내일 한 번 더 연락하겠지만── 내 기사 아메밋이여, 그쪽의 계획은 맡기겠다."

"네. 분부대로 하겠습니다. 저의 주인, 코카쿠 님⋯⋯!"

제4장 ◆ 맞닿음과 나아가는 법

　병원에 실려 간 에드거가 그럭저럭 회복했다는 연락을 받은 것은 구조 의뢰가 끝난 다음 날 이른 아침이었다.

　이미 자람은 멎어 있었다.

　잔뜩 흐린 날씨는 변함없었지만, 에니아드는 평소의 모습으로 돌아오고 있었다.

　"창을 수리하는 것을 도와드릴 수 있게 됐습니다. 원하시는 시간에 언제든지 고고학 길드로 와주실 수 있나요?"

　아침부터 미카엘라가 찾아와 그런 말을 했다.

　사키와 바젤리아는 아직 잠꼬대하고 있을 시간이었지만, 이번 용건은 창을 수리하는 일이라 다 같이 움직일 필요는 없었다.

　"나랑 친구, 둘이면 되지 않을까?"

　"그래? 그럼 우리만 먼저 갈까? 둘은 나중에 오면 되니까."

　모처럼 미카엘라가 와 줬으니까.

　나는 사키와 바젤리아를 내버려 두고 미카엘라와 함께 고고학 길드로 향했다.

길드에 들어가자마자 장년의 남성 한 명이 우리를 맞아줬다.

"와 줘서 감사하네, 운반꾼 악셀 공, 연성의 용사 데이지 공. 다시 한번 인사하지. 고고학 길드 탐색반장 에드거 마이어스다. 앞으로 잘 부탁하네."

에드거였다. 어제만 해도 곧장 실려 갈 만큼 지쳐있었는데…….

"에드거, 몸은 괜찮아?"

그렇게 물었더니, 그는 아직 약간 여윈 듯한 뺨을 만지면서 멋쩍은 듯이 웃으면서 긍정했다.

"덕분에. 전투에 나가도 문제가 없을 정도다. 이래 봬도 상급 직업이니까 회복은 금방이지. 귀공의 구조가 빨랐던 덕분이기도 하지만. ……진심으로 고맙네, 악셀 공."

무골 같은 말투였지만 경의가 담겨 있었다.

"고맙다는 인사는 어제도 했잖아."

조용히 고개를 숙인 에드거에게 그렇게 말하자 그는 고개를 들고 좌우로 흔들었다.

"목숨을 구해줬는데 인사 몇 번으로 끝나는 게 이상한 거 아니겠나. 도울 수 있는 게 있다면 뭐든 돕도록 하지. 오늘도 그래서 부른 거고."

"창 이야기를 들은 건가."

그렇게 말하자 미카엘라가 고개를 끄덕였다.

"네. 전에 소재와 고대 대장간이 필요하다고 말씀하셨으니까요. 『탐색 보관고』까지 에드거가 직접 안내해드릴 겁니다."

"아, 그렇지 참. 지금은 들어갈 수 있어?"

"네. 다만 그 전에…… 어제 연회에서 '왕도 12 길드 인장'을 받은 반지는 가져오셨나요?"

미카엘라의 시선이 내 손가락으로 향했다.

이 반지에는 각 길드에서 받은 인장이 찍혀 있다.

그리고 어제, 바로 이 고고학 길드 인장이 늘어난 참이었다.

연회 도중 미카엘라가 얘기를 꺼내길래 사양 않고 받아 두었다.

"있는데, 이게 왜?"

"거기는 그런 신용 보증이 있어야만 갈 수 있거든요. 그래서 미리 전갈자리 인증 도장을 찍어 드린 겁니다."

미카엘라가 그렇게 말한 뒤, 에드거에게 몸을 돌렸다.

"악셀 씨와 데이지 씨는 그만한 신용이 있으니까요. 뒤는 잘 부탁드립니다, 에드거."

"물론, 맡겨 두도록. 미카엘라는 어제의 보고를 보면서 조사 계획을 세워 줘."

"네. 알겠습니다. 그럼 전 먼저 실례하겠습니다. 악셀 씨, 데이지 씨, 다음에 만납시다."

"그래, 다음에 보자."

미카엘라는 길드 접수대 안쪽으로 사라졌다.

그런 그녀와 교대하듯이 에드거가 우리 앞으로 나섰다.

"운반꾼 악셀 공과 연성의 용사 데이지 공, 이쪽으로. 여기서부터는 미카엘라 대신에 내가 안내하지. 여기저기 끌고 다녀서 미안하지만, 부디 조금만 더 너그럽게 봐 주게."

"그래, 잘 부탁해."

"그럼 먼저 가겠소."

내 말에 고개를 끄덕이고 에드거가 앞서 걸어가기 시작했다.

길드 안쪽으로 들어가 계단을 내려가고 다시 어디론가 걸어가자 끝내 무언가가 눈에 들어왔다.

"설마, 이게 문이야?"

족히 10m는 될, 천장에 닿을 듯한 거대한 문이었다.

"그렇지. 이곳이 바로 보관고라네. 내 허가는 이미 떨어져 있으니, 인증 도장이 찍힌 반지를 꽂기만 하면 된다네."

에드거의 설명을 따라서 나는 반지를 꽂았다.

그러자 거대한 문이 살짝 빛나기 시작했다.

──끼익

그리고는 삐걱거리는 소리와 함께 저절로 문이 열렸다.

문 너머에는 높은 천장만큼이나 넓은 공간이 펼쳐져 있었다.

그리고.

"안녕하세요. 하루 만이네요. 인간이자, 위대한 운반꾼, 악셀 그란츠."

방 안에는 커다란 흰 뱀── 뱀신이 우아하게 누워있었다.

"어라, 왜 여기 뱀신님이 있는 거야? 미카엘라한테 사막에 산다고 들었는데."

"물론 보금자리는 거기 있습니다만 보통은 여기서 지냅니다. 이 신사에서 말이죠."

"여기가 신사라고?"

"마왕 전쟁이 격해지기 몇 년 전에 뱀신님을 이리 모시고 신사로 바꾸었지. 안전을 위해서였네."

그 말을 듣고 데이지가 고개를 끄덕였다.

"그래서였군. 예전에는 그냥 보관고였으니까."

"뱀신님이 계시니 보안도 강화할 수밖에 없었지. 믿을 수 있는 사람만 올 수 있게 한 것도 마찬가지. 길드원도 예외는 아니라네. 길드에서 오랫동안 일했거나 큰 공헌이 있는 사람만 올 수 있지."

둘러보니 보관고에도 직원의 모습은 보였지만 대부분이 꽤 나이를 먹은 사람들뿐이었다.

에드거 말대로 길드에서 오랫동안 일한 사람들이리라.

"그리고 저는 이 길드의 후의를 받고 있지요. 다만 그냥 공간만 차지하고 있으면 미안하니 대신 고대 유적에서 가져온 설비들을 관리하고 있습니다."

"그런 말씀 하지 마십시오. 뱀신님이 계셔서 저희도 안심하고 살 수 있는 겁니다."

그 말에 뱀신이 살짝 웃었다.

"고맙습니다. 그럼 관리인의 일을 해야겠군요. 악셀 그란츠, 연성의 용사 데이지 코스모스. 당신들이 필요한 건 고대 대장간이었죠?"

"맞아. 여기 있지?"

옆에 있던 데이지가 대답했다.

"그렇지. 저기 있는 게 『고대 대장간』이네."

에드거가 커다란 작업대를 보면서 말했다.

작업대는 빨간 보석처럼 빛나고 있었다.

"왠지 마력이 소용돌이치는 느낌인데."

겉보기에는 그냥 아름다운 테이블 같지만, 작업대 위의 공간이 살짝 일그러져 보였다.

"아, 그렇네~. 저 위에서 연성하면 무기에 마력이 깃들게 할 수 있어."

데이지가 살짝 흥분했다.

"그리고 『양린』이 필요하다고 들었습니다만?"

뱀신이 나에게 그렇게 물었다.

"아, 그런 것도 필요하다고 했었지. 그것도 여기 있어?"

"물론이죠. 지금 만들어 드리겠습니다."

"만들어……?"

내가 되묻기도 전에 뱀신이 몸을 꼬았다.

그러자 뱀신의 목 부분이 희미하게 빛나더니만 빛이 비늘에 깃들더니, 그 비늘이 홀로 떨어지기 시작했다.

비늘은 뱀신의 몸에서 떨어져 나오면서 모양이 변하더니 이윽고 주괴처럼 변해서 테이블 위로 날아가 떨어졌다.

"후우…… 이게 양린입니다. 받아주세요."

뱀신이 숨을 내쉬면서 그렇게 말했다.

"……양린이라는 건 뱀신님이 만드는 거였나."

내 감상을 듣고 에드거가 고개를 끄덕였다.

"그만큼 귀하지. 하나를 만들어도 뱀신님의 마력과 체력이 있어야 하기에, 누가 만들었는지, 어디서 나는지는 세상에 알리지 않았다네."

"……나도 처음 알았어. 마왕 대전 때 한 번씩 썼었는데……."

데이지도 처음 알았는지 눈을 크게 뜨고 놀란 표정으로 뱀신을 보고 있었다.

"이거, 써도 돼? 뱀신님?"

"네, 물론입니다. 그러려고 만들었으니까요. 뭐, 사용할 수 있으면 말이지만……."

왠지 뱀신님이 입을 우물거렸다.

사용하는 게 어려운 소재인가?

"쓸 수 있겠어? 데이지."

"음…… 이 정도면 못 쓸 정도는 아니야. 안심해."

데이지가 테이블 위에 있는 양린에 달라붙으면서 말했다.

아무래도 문제없는 모양이다.

"그럼, 해 볼래?"

나는 운송주머니에서 창 한 자루를 꺼냈다.

거점에서 나오기 전에 운송주머니에 넣어 왔다.

"저게 용기사의 창인가……."

"왠지 창끝의 반짝임이 심상치 않군……. 손을 대는 것만으로 베일 것 같아."

창을 보고 고고학 길드 사람들이 한마디씩 중얼거렸다.

데이지는 그들의 말을 가볍게 넘기고 창을 들었다.

"알았어! 오랜만에 재미있는 소재와 설비를 쓸 수 있으니까. 최선을 다해서 수리할게!"

"그럼 연성으로 수복해 볼게."

데이지는 고대 대장간 안쪽에 진을 치고 꺼낸 끝이 꺾인 창을 작업대 위로 올렸다.

"남의 설비로 작업하는 건 오랜만이네……."

그렇게 즐거운 듯이 웃고,

"수복 개시……!"

웃으면서 연성 마법을 발동시켰다.

"【마석 연성】【연마제 연성】【중성제 연성】【열 제제(製劑) 연성】."

고대 대장간 작업대 위에 몇 개의 소재가 생기더니 창이 녹듯이 흡수했다.

"역시 이 대장간은 좋네. 마력 서포트를 바로 받을 수 있으니까, 시간이 걸리는 작업도 금방 끝낼 수 있어……!"

빨간 작업대는 작열하듯 심홍색으로 빛나더니 그 색이 창으로 옮겨가더니 날이 빠졌던 끝부분에 모였다.

"괴, 굉장해. 이렇게 빨리 연성을 해치우다니……!"

"마력을 집어넣는 방법도, 양도 차원이 달라! 그리고 저렇게 해도 고쳐지지 않는 무기라니, 하나같이 이상한 광경이군……."

대량의 소재에 둘러싸인 채로 작업하고 있는 데이지를 보고 고고학 길드 직원들이 경악했다.

그중 한 명이 쭈뼛거리면서 데이지에게 말했다.

"도, 도와드릴 건 없습니까, 연성의 용사님?"

"응? 어, 지금은 마음만 받아 둘게. 필요하면 말할 테니."

"아, 네! 알겠습니다."

"그럼, 먼저 양린을 사용할 수 있을 때까지 한 번에 끝내야겠어……!"

그리고 데이지의 연성은 더욱 가속했다. 그런 모습을 보던 고고학 길드 직원들은 놀라움과 흥분을 전부 억누르지 못한 듯이 응시하고 있었다.

"저렇게 많은 소재를 한 번에…… 뜨거운 것도 아무렇지 않게 맨손으로 만지고 있는데……?"

"굉장하다는 말밖에 안 나오는군. 역시 용사구나…… 이런 사람이랑 파티를 짜고 있는 악셀 씨는 도대체 어떤 사람일지……."

나는 조금 떨어진 곳에서 고대 대장간을 바라보고 있었다.

데이지와 고고학 길드 직원들은 어딘가 즐거워 보였다. 옆에 있는 에드거도 마찬가지였다.

"굉장하군. 연성의 용사 공은."

"동감이야. 뭐, 저건 맡겨놓으면 되겠지."

분위기도 좋아 보이고.

"잠시 시간을 내주실 수 있나요, 악셀 그란츠."

갑자기 흰 뱀이 날 불렀다.

"응?"

"다시 한번 감사 인사를 하고 싶어서요. 운반꾼 악셀 그란츠. 어제는 감사했습니다."

"별말씀을. 왠지 어제부터 계속 감사 인사를 받고 있네."

너무 듣는다고 무슨 일이 나는 건 아니지만, 너무 자주 듣는다.

"그건 미안합니다. 어제 연회에 저는 못 갔으니까, 확실하게 말하고 싶었습니다."

"그건 뭐, 연회장이 실내였으니까⋯⋯."

뱀신의 몸은 사람에 비하면 상당히 크다. 마을의 큰길에 놓으면 모든 교통이 마비되리라.

이렇게 넓은 곳이 아니면 어딘가에 들어가 있는 것 자체가 불편하리라.

"몸이 큰 것도 힘들겠네."

"네, 그렇죠. 꽤 힘듭니다. ⋯⋯아, 죄송한데 좀 더 가까이서 이야기해도 될까요?"

"응? 딱히 상관없어."

"감사합니다. 그럼⋯⋯."

그렇게 말하고 뱀신은 조용히 이쪽으로 기어왔다.

움직임이 미려해서 어쩐지 기품마저 느껴졌다.

"웃차…… 네. 이 정도라면 당신과 얼굴을 맞대고 이야기할 수 있겠군요."

그렇게 손을 뻗으면 닿을 수 있을 만한 거리까지 다가왔다.

다만, 이것조차 이들에겐 특이한 의미가 있었다.

"뱀신님이 스스로 다가가다니……!"

"미카엘라 연구장이나 에드거 탐색장 외에 처음 봤어……!"

그런 목소리가 들렸다.

"뱀신님은 보통 평소에 사람들한테 가까이 다가가지 않는 건가?"

그렇게 말하자 그녀는 부끄러운 듯이 뺨을 붉혔다.

"네. 뭐, 제가 이렇게 몸집이 크다 보니, 강한 인간이 아니라면 실수로라도 뭉갤까 봐 무서워서 다가가지 않습니다."

"아……. 뱀신님은 토지신답게 배려심이 많구나."

토지신은 대부분 강대한 힘을 가진 대신 이런 성격을 하고 있다.

통계 데이터를 좋아하는 어느 용사가 했던 말이다.

이 뱀신도 예외는 아니었다.

"사람을 구하라고 힘을 받았으니까요. 어제는 오히려 제가 도움을 받았지만요. 당신의 소문을 듣고 한번 대화해보고 싶다는 생각을 했는데, 설마 거기서 만나게 될 줄이야."

뱀신의 말을 듣고 나는 의문을 느꼈다.

"날 알고 있었어?"

"네. 몇 달 전에 제게 피를 나눠 주신 신께서 이야기해주셨습니다. 『마왕을 쓰러트린 용사가 재미있는 직업으로 전직했어』라고 하셨습니다. 그래서 꼭 이야기하고 싶었습니다."

"그렇군."

"게다가 크레이트의 소문도 들렸습니다. 소문을 듣고 제 신관이 크레이트로 향했습니다만, 설마 제가 먼저 만날 줄은 몰랐네요."

여기서 크레이트까지 가는 길은 여럿 있다.

하물며 나는 가끔 하늘도 날아서 이동했으니 도중에 엇갈렸어도 이상하지 않다.

"그랬구나. 하지만 특별한 이야기가 뭐 있던가?"

그렇게 말하자 뱀신은 내 얼굴 가까이 목을 내밀었다.

"용기사를 그만두고 운반꾼이 된 이야기만 들어도 충분할 것 같은데……. 그리고 용신이 있는 신역까지 발을 들였다는 이야기도 신께 들었습니다. 그건 정말 재미있었죠."

뱀신이 웃으며 말했다.

"그것도 재미있는 이야기가 아닌 것 같은데……. 뭐, 전직은 평범하게 했고, 신역이 들어갔다는 것도 용신을 쓰러트리기 위해선 어쩔 수 없었어."

"……어쩜, 전혀 숨기지 않으시네요."

"딱히 숨길 것도 아니니까."

"그렇게 자유로운 점이 신들의 마음에 닿았겠죠……. 확실히 당신을 보고 있기만 해도 신들이 지루하진 않으실 것 같네요. 주목을 받을만합니다."

"주목……? 내가?"

딱히 그렇게 느낀 적은 없는데.

"적어도 제게 피를 주신 신은 그렇게 말씀하셨습니다."

"뭐라 할까, 별일이군."

"그렇네요. 신들이 주목하는 사람이 돌고 돌아서 내 앞에 있고, 이렇게 이야기할 수 있다니……."

뱀신은 그렇게 말하고 웃었다.

"뭐, 나도 토지신과 이렇게 이야기할 기회는 거의 없었으니까."

적어도 투구를 벗고 나서는 처음이다.

그렇게 나와 뱀신이 즐겁게 대화를 나누고 있자니…….

"으아아아아! 안되네──!"

갑자기 데이지의 목소리가 들려왔다.

나는 데이지에게 다가갔다.

"어떻게 해도 불가능해…… 이건……."

데이지가 머리를 감싸 안고 있었다.

나조차도 거의 본 적 없는 모습이었다.

"왜 그래, 데이지?"

"으으, 친구. 역시 이 소재로는 안 될 것 같아. 창을 고칠 수가 없어."

그렇게 말하고 데이지는 대장간의 작업대 위에 있는 주괴에 손을 얹었다.

방금 뱀신에게 얻은 양린이었다.

내가 무슨 문제냐고 묻기도 전에 데이지가 다시 입을 열었다.

"마력 침투율도, 마력량도 부족해. 애초에 내가 썼던 양린은 좀 더 선명한 푸른색이었는데⋯⋯."

"푸른색?"

데이지가 손을 얹고 있는 건 아무리 봐도 푸른색이 아니었다.

"어떻게 봐도 새하얀데?"

아니면 투명도가 높은 흰색이라 해야 할까.

어느 쪽이든 파란색은 아니었다.

"그래. 나도 하얗게 보여. ⋯⋯처음에는 만들어진 지 얼마 되지 않아서 그런 건가 생각했는데⋯⋯. 역시 옛날에 썼던 거랑 다른 것 같아. 물질 구성 자체는 다르지 않은 것 같은데⋯⋯."

구성이 같은데 다른 물질?

연금술사의 말을 내가 못 알아듣고 있자니 뱀신이 먼저 입을 열었다.

"역시 안 되는군요……."

"역시라니? 뱀신님은 이렇게 될 줄 알고 있었어? 그러고 보니 사용이 어쩌고 했던 것 같은데……."

"제 추측이 틀리길 바랐지만요. 데이지 씨가 말하는 푸른색은 완전한 양린입니다."

"즉, 이 양린은 완전한 상태가 아니라는 건가?"

뱀신은 고개를 끄덕였다.

"지금은 양린이라 부릅니다만 고대 시대에는 태양의 보석이라고 불리고 있었습니다. 양린은 푸른 하늘에서 내리쬐는 빛을 흡수해서 특수한 마력으로 변환하는 성질이 있는데, 그 마력이 가득 차면 투명한 하늘색이 되지요. 그때야 비로소 진짜 양린이 되는 겁니다. 다만 지금은 도저히……."

이 양린에서는 푸른색을 조금도 찾을 수 없었다.

"자람이 생기고 나서 몇 달간 푸른 하늘을 볼 수가 없었습니다."

"날씨가 나빠진 건 자람 때문인가?"

"자람으로 생긴 구름이 항상 하늘을 가리고 있습니다. 그 탓에 이렇게 하얀 양린이 나오고 만 거죠. 사실 양린 자체만으로도 강력한 힘이 있기에 이걸로 어떻게 됐으면 했습니다만……."

죄송합니다, 하고 뱀신이 아쉽다는 듯이 말했다.

"아니 뭐, 사정이 그렇다면야 어쩔 수 없지. 설마 이게 불완전한 상태였을 줄은."

일민즐에서도 비슷한 일이 있었지, 하고 나는 얼마 전에 있었던 일을 떠올렸다.

소재에 따라 조금 상처가 난 것만으로 성능이 떨어지거나 쓸모가 없어지기도 하기에 고민하고 있었다.

이것도 아마 비슷한 상황이 아닐까.

"연금술사에게는 비교적 자주 있는 일이긴 하지만, 설마 일민즐에 이어서 여기서까지 이런 일이 일어나다니……."

데이지도 일민즐에서 있었던 일을 떠올린 모양이다.

하지만 이대로 손을 놓을 수도 없었다.

원인을 알았으니 해결에 나설 뿐.

"어떻게 하면 해결할 수 있지?"

내가 해결 방법을 물어보자 뱀신은 생각에 잠겼다.

"제가 햇빛을 받은 뒤에 다시 만들든지 아니면 하얀 양린에 햇볕을 쬐어야 합니다. ……다만, 양린은 제 토지신 가호가 있어야만 의미가 있기에, 이 도시나 사막에서 멀리 떨어지면 쓸 수 없지요. 그러니……."

"에니아드의 하늘이 이러면 어렵다는 건가."

도시 밖으로 나가서 햇볕을 쬐어도 되는 거였다면 금방 끝났을 텐데.

이렇게 된 이상 근본적인 해결을 하는 수밖에 없을 것 같다.

음, 어떻게 해야 할까. 억지로 할 방법이 하나 있긴 한데……. 조건을 정확히 모르겠군.

"대화를 나누시는 중에 죄송합니다."

그때 다른 사람이 우리에게 다가왔다.

"응? 미카엘라 씨?"

미카엘라 옆에는 바젤리아도 있었다.

"주인~ 늦어서 미안해~."

"둘이 같이 온 건가?"

"네? 아, 바젤리아 씨는 아까 오셨습니다. 제가 이곳에 올 용무가 생긴 김에 불러왔습니다."

"그랬구나. 고마워, 미카엘라 씨."

"에헤헤~ 푹 자서 기운이 넘쳐. ──음, 어라? 무슨 일이야? 연금의 용사가 왠지 풀이 죽은 것 같은데?"

바젤리아가 종종걸음으로 다가오자마자 데이지가 의기소침해 있는 걸 눈치채고 그렇게 말했다.

"그게, 여기에 햇볕을 쬐어야 한다는데, 이 도시 한가득 구름이 가려서 말이야. 무슨 방법 없을까?"

"햇볕이 있으면 되는 거야? 뭣하면 내가 구름 위까지 날아갈 수도 있는데?"

바젤리아가 아무렇지 않게 한 말에 데이지가 살짝 눈을 빛냈다.

"아! 그런 방법이 있었나."

해결법을 생각해 냈다는 표정이었다.

하지만 정말 저게 해결책이 될지는 모른다.

나도 같은 방법을 생각했지만 이건 중요한 대전제가 있다.

"뱀신님. 구름 위도 토지신의 가호 범위 안이야?"

"그게 무슨?"

"바젤리아는 용이니까. 햇빛이 필요할 뿐이라면 이 아이 등에 타고 구름 위까지 올라가기만 해도 되거든. 그렇지, 바젤리아?"

그러자 그녀는 눈을 살짝 동그랗게 떴다.

"어? 으응. 아까도 말했지만, 그 정도는 할 수 있다고? 하지만 구름을 뚫고 지나갈 때는 무서우니까 주인이 같이 갔으면 좋겠는데……."

"그때는 그렇게 하자. 다만, 구름 위가 토지신의 가호를 벗어난다면 아무 의미가 없어. 그래서 어때, 뱀신님?"

그러자 뱀신이 모호한 반응을 보였다.

"그건 저도 잘…… 한 번도 시험해 본 적이 없어서요. 아마 범위 밖일 것 같은데, 잘 모르겠군요."

그러자 바젤리아가 아ー, 하고 목소리를 높였다.

"뭔가 쓸데없는 기대를 하게 만든 기분인데……. 잘 아는 것도 아닌데 이야기를 꺼내서 미안해, 주인……."

바젤리아가 추욱 몸을 늘어트렸다.

이 아이는 이럴 때 금방 풀이 죽는 버릇이 있다. 좀 더 자신을 가졌으면 좋겠는데.

"괜찮아. 아이디어를 낸다는 건 그런 거지. 풀죽을 필요 없어. 시험해 볼 여지도 있고."

나는 바젤리아의 머리를 쓰다듬으면서 그렇게 말했다.

"이대로 서 있을 바에야 뭐라도 해 보는 게 낫겠지. 바젤리아, 오랜만에 고공비행 한 번 할까?"

"응……? 그, 그럴까? 잘 될지는 모르겠지만."

"마침 좋은 기회니 이참에 내가 얼마나 버틸 수 있는 지도 시험 해보자."

그렇게 말하자 바젤리아는 기쁜 듯이 양팔을 들었다.

"와, 만세~! 오랜만에 주인이랑 날 수 있겠네——!"

아무래도 다시 기운을 차린 모양이다.

뭐, 어떻게 될지는 모르겠지만.

"아, 저기 악셀 씨. 정말 날아가실 거라면 의뢰를 좀 하고 싶은 데요……."

"의뢰? 무슨?"

"예, 이 이야기와도 무관하지 않습니다. ……이 사막과 에니아 드에서 자람을 없애는 데에 협력해주셨으면 좋겠습니다."

미카엘라가 그렇게 말했다.

"자람을 없앨 수 있어? 그럼 우리 문제도 해결할 수 있겠군. 이야기 해봐."

아무래도 다른 방법이 있는 듯했다.

"네. 에드거, 뱀신님도 들어 주세요. 둘이 모은 정보를 합친 결과, 자람의 원인과 해결 방법이 보였습니다. 아직 가정과 추론이 많습니다만, 잘 된다면 이 도시를 괴롭히는 문제를 해결할 수도 있습니다."

최강 직업(용기사)**에서 초급 직업**(운반꾼)**이 되었는데,
어째서인지 용사들이
의지합니다**

제5장 ◆ 조사와 발견

보관고 한쪽에 있는 테이블을 회의장으로 삼아서 미카엘라는 이야기를 꺼냈다.

"우선 에드거와 뱀신님의 보고를 받고 정리한 결과, 자람 사태를 해결할 실마리가 보였습니다. 용사 일행분들이 새로 오셨으니 우선 처음부터 순서대로 설명해드리지요."

"부탁할게."

"먼저, 에니아드에 자람이 불어오기 시작한 건 수개월 전입니다. 지금 생각해보면 마을이나 사막은 그때부터 이미 구름이 껴 있었던 것 같군요."

"하늘이 흐려진 지 그렇게 오래됐구나."

"네. 아마도 그게 이 사태의 전조였겠죠. 그 뒤로 자람이 대략 일주일에 한 번꼴로 도시를 향해 불어왔습니다. 피해 상황은 일조량 부족, 모래에 의한 오아시스 주변 작물 성장 방해, 그리고 주민들의 만성적인 탈수, 탈마력으로 인한 쇠약입니다. 노인이나 아기들이 특히 위험하지요. 아직은《의사》들의 노력으로 어떻게든 버티고 있습니다만……."

"자람을 어떻게 하기 전까지는 피해가 계속된다는 말이야, 미카엘라?"

"그렇습니다, 데이지 씨. 《의사》들의 말로는 계속 이 사태가 이어지면 목숨이 위험한 사람도 나온다고 합니다."

미카엘라는 한숨을 쉬었다.

그동안 상업 길드에 가서 회의도 하고, 모험가 길드에 가서 이야기도 듣고, 정말 정신이 없었다.

그때는 도무지 무슨 일이 일어난 건지도 알 수가 없었다.

건강했던 사람들이 기력을 잃어 곤란해하는 사람을 보거나, 그들이 괜찮아하고 말해줄 때마다 마음이 괴로웠다.

"그래서 에니아드의 위기를 타개하기 위해 고고학 길드는 조사를 시작했습니다. 자람으로 날아오는 모래의 성분이나 온 방향을 조사하는 등, 이런저런 조사 중에 뱀신님에게 사막에서 이상 조짐이 있다는 연락을 받았습니다. 그래서 탐사를 수도 없이 진행한 끝에 사막의 고대 유적 부근에 자람이 끊임없이 부는 지역이 있다는 것을 알아냈습니다. 아마 그곳에서 부는 자람이 커지면서 이따금 도시를 덮치는 거겠지요."

미카엘라가 같은 테이블에 앉아 있는 악셀이나 데이지같이 길드 소속이 아닌 사람들의 표정을 살피면서 이야기했다.

제대로 전해지고 있을지…….

혹시 질문이 있으면 곧바로 대답해주려고 자세를 가다듬고 계속 설명했다.

"그래서 뱀신님과 에드거가 자람의 근원지를 장기 조사하러 나간 결과, 이 자람이 영영 멈추지 않는 건 아니라는 걸 밝혀냈습니다."

"그럼 바람이 잔잔해질 때도 있었다는 거야?"

"네. 자람은 일정한 주기로 사라졌다가 다시 불기를 반복하고 있습니다. 그리고 가끔이긴 합니다만, 하루에 한 번, 십 여분 정도 멈출 때가 있다는 것도 알아냈지요. 이건 어제 받은 보고서에도 적혀 있었습니다."

에드거는 병원에서 치료를 받는 중에도 보고서를 써서 줬다.

자람의 근원지에는 계속 자람이 부는 바람에 그간 조사를 거의 할 수가 없었고, 덕분에 자람이 어떤 상황인지도 거의 알지 못했지만, 기어코 바람이 멈출 때도 있다는 것을 알아냈다.

에드거가 가져온 귀중한 정보였다.

미카엘라도 에드거의 성과에 보답하기 위해 연구반과 탐색반을 모아 계속 회의를 했다.

"여기까지 제가 한 말에 틀린 게 있나요, 에드거?"

"없어. 다만, 바람이 멈춘 틈을 노려 조사하려고 했는데, 다가가자마자 공격을 당했다."

에드거의 말에 뱀신도 찬동했다.

"마이어스가 말한 대로입니다. 갑자기 바닥에서 회오리가 일어나 우리를 날려버리더니, 곧장 검은 말뚝이 날아와 공격했습니다. 명백한 방어 행위였어요."

"그것도 보고서에 적혀 있었죠. ……그 회오리 가운데 누군가가 있었고요."

"저를 날려버릴 정도의 바람이었습니다만, 하늘까지 닿을 정도는 아니었으니 회오리와는 조금 다를지도 모르겠군요. 어쨌든, 그 안에 누군가가 있다는 건 확인했습니다."

뱀신과 에드거 모두 누군가를 보았다고 했다.

에드거뿐이었다면 환영 마술에 당했을 가능성도 있으나, 뱀신님은 토지신이기에 마술이 잘 통하지 않는다. 오히려 뱀신님에게 통할 정도로 강력하다면 정신 마법만으로 죽일 수도 있었을 거다.

"예, 따라서 저희는 거기 있던 게 누구인지를 밝혀내야 한다는 결론을 내놓았습니다. 다음 자람이 잠잠해지는 시간에 맞춰서 길드의 전투부대를 보내 다시 조사할 겁니다. 예정 시각은 오늘 16시입니다."

"설마 오늘 당장일 줄이야. 여전히 행동이 빠르네, 미카엘라."

"칭찬해 주셔서 감사합니다, 데이지 씨. 하지만 이미 자람이 불기 시작해 몇 달이 지났습니다. 이미 늦은 편이지요. 이제야 겨우 빛이 보인 기분입니다."

미카엘라는 악셀에게 시선을 향했다.

"악셀 씨께서는 하늘 위로 올라가 이 회오리를 관찰해주셨으면

합니다. 지상 부대의 조사에 맞춰서 말이죠."

"하늘에서?"

"예, 두 분의 이야기를 들은 바로는 회오리바람이 높게 오르긴 했으나, 결국은 지상에서 솟아오르는지라, 하늘에서 보면 안쪽을 관찰할 수 있지 않을까 하는 추측입니다."

둘의 보고로 짐작하여 계산한 바로는 500m를 넘지는 않을 것이다.

"그동안 지상 부대는 회오리를 없애고 안에 있는 사람이 누군지를 확인할 계획입니다."

"회오리를 없앤다니, 가능해?"

"네. 에드거가 관찰한 바에 따르면, 이 회오리바람은 마법으로 만들었는지 강력한 마법으로 공격하니 바람이 약해졌다고 합니다. 아마 더욱 강력한 마법으로 공격하면 아예 멈출 수도 있지 않을까 하고 추측하고 있습니다. 너무 추측이 많기는 합니다만."

미카엘라가 쓴웃음을 지으면서 말했다.

"신경 쓸 필요 없어. 조사라는 게 그런 거니. 그럼 우리는 하늘에서 관측한 정보를 가져오면 되는 거지?"

"네. 관찰하는 방법은 많을수록 좋으니까요. 몇 달 동안 사막을 계속 조사해서 겨우 알아낸 단서입니다. 이 조사에 온 힘을 쏟아야 해요."

이 조사는 모든 기반이 추론에 있다.

확실한 거라고는 자람이 일어나는 것.

자람의 근원지가 있다는 것.

근원지의 자람이 가끔 멈출 때가 있다는 것.

거기서 생긴 회오리에 누군가의 모습이 보였다는 것.

이 네 가지 정도다.

이 조사가 자람을 막는 결과를 가져올지도 불확실하다.

그런 일에 외부인을 끌어들이는 건 도리가 아니겠지만……

"확실한 증거는 없고 추론뿐인 조사입니다. 만약 회오리가 계산보다 높게 솟는다면 하늘에서 관측하는 것도 위험하겠지요. 그래도 저는 할 수 있는 건 전부 시도해보고 싶습니다……. 부디 부탁드립니다."

미카엘라의 말을 듣고 내가 먼저 떠오르는 대로 말했다.

"뭐, 나는 별로 상관없어. 바젤리아는 어때?"

어차피 구름 위로 가 볼까 하는 이야기를 하고 있었으니, 일 한둘 늘어난들 별 차이 없다.

다만 정하는 건 바젤리아다.

"물론 나도 OK야. 모래폭풍은 싫지만, 회오리는 몇 번이고 건너서 익숙하니까. 주인이 도와준다면 안심이고."

"그렇다네, 미카엘라 씨."

그러자 미카엘라가 안도의 한숨을 쉬었다.

"다행이군요. 그럼 이 도시의 하늘을 되찾기 위한 의뢰, 잘 부탁드리겠습니다."

"알았어. 그럼―― 푸른 하늘을 되찾기 위해서 가 볼까."

"네!"

이날도 아메밋은 왕좌에 앉아 있는 코카쿠에게 보고하고 있었다.

"어제에 이어서 오늘도 와주셔서 감사합니다."

왕좌에는 어제와는 조금 모양이 달라져서 좀 더 인간과 비슷해진 안개가 앉아 있었다.

"인사는 필요 없다. 연락할 마력이 남아 있고, 경계할 대상이 있다. 결국은 필요해서 연락했을 뿐이다. 나의 기사 아메밋이여."

"예……."

"그래서 어떻게 됐지? 운반꾼의 움직임이 있었나?"

"아직 눈에 띄는 움직임은 없습니다. 어제 사막으로 들어온 건 알아냈지만, 여기에 다가오지도 않고 돌아갔습니다. 서로 보지 못한 것 같습니다. 사막에 버려뒀던 길드원을 구조해 간 모양입니다…….”

“흠, 마주치진 않은 건가. 잘 됐군.”

아메밋의 말을 듣고 코카쿠는 왠지 턱에 손을 대고 수긍한다는 듯이 행동했다.

그것을 보고 아메밋은 분하다는 듯이 옥좌를 바라봤다.

“길드의…… 신의 사도인 인간을 죽이지 못했는데 괜찮습니까……?”

“그들을 죽이는 게 우리의 최종 목표가 아니니까.”

“그건 그렇습니다만……. 코카쿠 님. 이대로 조금씩 괴롭히기만 해도 괜찮겠습니까? 이제 그 얄미운 도시를 멸망시켜도 되지 않을까 합니다만…….”

아메밋은 이미 준비가 끝났다고 생각했다.

몇 개월 동안 악조건에서 살았으니 인간들도 상당히 쇠약해 있을 터였다.

공격하기에는 더할 나위 없었다.

“흠…… 아메밋. 너는 신의 사도인 인간을 향한 복수심과 전공을 탐하는 마음이 강하구나. 새삼스러운 말이다만…….”

“네. 놈들은 이미 약해질 대로 약해졌습니다, 슬슬 적기가 아닌가 싶습니다.”

그렇게 말하자 코카쿠는 조용히 고개를 저었다.

“너무 서두르지 마라, 아메밋. 도시는 녀석들의 본거지다. 힘을 기르고 있을 가능성도 있지. 신에게 매달리는 나약한 녀석들이지만, 쉽게 봐선 안 된다."

신중함이 중요하다고 코가쿠는 덧붙였다.

"……그 녀석들이 도시를 나와 이쪽에 발을 들였을 때를 노리면 된다. 그때까지 기다려라."

그러라고 준 힘이 아니었나? 하고 코카쿠가 말했다.

"예…… 그렇습니다……."

"그래. 일을 그르치지 마라."

코카쿠는 문득 아메밋의 표정을 보고는 살짝 웃음을 흘렸다.

"……뭐, 너무 분하게 생각하지 마라. 지금 참은 만큼 도시를 벗어난 순간 불태우면 되니까. 그 팔에서 나오는 바람도 제법 익숙해졌지 않더냐."

"예. 지금은 제법 잘 다룰 수 있게 되었습니다."

"그래. 그럼 됐다. 너는 언젠가 좀 더 큰 힘을 받고 내 일을 도와줬으면 좋겠다. 이번 일은 그 전 단계다. 그러니…… 확실한 성과를 내면 기쁘겠군. 나의 기사 아메밋이여."

"예……!"

그 말을 들은 아메밋은 감동했다.

무례한 제안을 무시하지 않고 도리어 기대한다는 듯이 말했다.

이미 힘도 주셨는데, 과분한 영광이다!.

이분의 기대에 부응하기 위해서라도 공을 세워야 한다.

아메밋은 코카쿠에게 보고를 이어가며 그런 생각을 했다.

오후.

아직 보라색 먹구름이 도시를 덮고 있었다.

"슬슬 출발할 시간이군."

"좋아, 힘내자—!"

나와 바젤리아는 고고학 길드 뒤편에 있는 뜰에 서 있었다.

우선 양린에 햇볕을 쬐고 쉬었다가 16시 정각에 사막에 있는 포인트로 가서 의뢰를 수행할 예정이다.

"악셀 씨, 바젤리아 씨. 구름이 자람과 비슷한 색이니 조심하세요."

옆에 있던 미카엘라가 걱정스럽다는 듯이 말했다.

"그래, 조심할게. 아, 그리고 여길 빌려줘서 고마워."

나는 주위를 둘러보면서 말했다.

말 그대로 아무것도 없는 텅 빈 공터였다.

"바젤리아가 날갯짓하면 주변이 모조리 날아가니까, 이런 곳이 아니면 날개를 펼 수가 없거든."

"아뇨, 아뇨, 용왕이 나는 모습을 볼 수 있다면 이 정도는 아무것도 아니지요. 길드 직원들도 다들 구경 나와 있지 않습니까."

미카엘라가 웃으면서 말했다.

"다만, 하늘에서 무슨 일이 있으면 곧장 돌아와 주세요. 영수가 더 필요하시면 말씀하시고요."

"알겠어. 근데 이거면 충분할 거야."

내 허리에는 미카엘라가 준 물병이 하나 붙어있었다.

"정말 그만큼만 있어도 충분한가요?"

"그래. 저번에는 얼마나 필요한지를 몰라서 있는 대로 가져갔지만, 지금은 대충 알고 있으니까."

솔직히 말하면 운송주머니에 대량으로 넣어 갈 필요도 없었다. 딱 한 모금 마셨을 뿐, 전부 다른 데 썼다.

그걸 생각하면 물병 하나도 많은 정도였다.

"에드거도 악셀 씨가 물을 거의 쓰지 않았다고 하긴 했지만, 정말 대단하시네요. 방금 출발한 사막에 익숙한 탐색반원들도 물병을 배낭째로 들고 갔다고요."

"아, 그러고 보니 상당히 중장비라고 들었어."

에드거와 탐색반은 이미 오전에 출발했다.

16시보다 여유롭게 가서 관찰하기 위해서라고 했다.

일찍 도착하면 가능한 만큼 조사해두겠다고 말했었다.

"예정대로라면 탐색반은 벌써 절반 정도는 갔을 겁니다. 긴급 염문이 오지 않는 걸 보면 예정대로 나아가고 있는 모양입니다."

"순조롭군."

"네, 악셀 씨 만큼 빠르면 모르지만, 그렇진 않으니 늦지 않도록 일찍 출발하겠다고 하고 갔거든요."

"오히려 주체는 탐색반이니까 신경 쓸 거 없었는데."

우리는 탐색반의 관찰을 보조할 뿐이다.

"그럼 우리가 늦을 수는 없지. ——슬슬 준비됐어? 바젤리아."

"물론~. ——【변신】!"

그 말과 동시에 바젤리아가 용으로 변했다.

"용왕…… 왕도의 마법 영상으로 본 적은 있었는데, 실제로 보니 훨씬 아름답군요."

『와아, 칭찬받았다. 고마워.』

그레이스의 칭찬을 듣고 바젤리아가 기뻐했다.

바젤리아의 힘은 감정에 좌지우지되는 부분이 크기에 이런 사소한 기쁨도 도움이 된다.

나는 웃옷 안주머니를 확인했다.

거기에는 천과 끈으로 묶어서 고정한 양린이 있었다.

구름 위로 올라가면 잠시 햇볕 아래 두고 색이 바뀌는지를 확인할 예정이다.

뱀신님 말로는 2분만 있어도 충분하다는 모양이고.

다시 주머니를 덮은 나는 길드 건물 쪽을 바라봤다.

어느새 데이지와 막 일어나서 겨우 온 사키가 나와 있었다.

"그럼 다녀올게."

"그래. 난 고대 대장간에서 할 수 있는 만큼 고쳐놓을게. 사키도 도와준다고 했으니까 꽤 빨라질 것 같아."

"후후, 남편의 무기를 튼튼하게 만드는 것도 아내의 임무니까 당연히 도와야지요. 예, 뭐든지 도와드리죠."

"그 뭐랄까…… 멀쩡하게만 해줘. 양린이 파랗게 변하면 바로 돌아올게."

"부탁할게, 친구!"

동료들이 말하는 것을 듣고 나는 바젤리아 위로 올라갔다.

『와~ 어쩐지 오랜만인 것 같은데!』

바젤리아가 신나서 몸을 살살 흔들었다.

"그러게. 일민즐부터는 계속 걷거나 마차였으니."

한동안은 상처를 회복하느라 느긋하게 지내다 보니 그렇게 됐다. 너무 서둘러서 이동하면 도중에 있는 역참 마을은 즐길 틈도 없고.

이런 느긋한 여행길도 여행의 즐거움이 아니겠는가. 물론 하늘을 나는 것도 즐겁지만.

이번에는 운송주머니 안을 다 비웠으니 과거 운송을 기룡(騎龍) 스킬로 돌릴 수 있다.

"좋아. 그럼 오랜만에 날아 볼까."

『응! 그럼 갈게…….』

바젤리아의 신호와 함께 바젤리아가 둥실 떠올랐다.

"———!"

그리고는 단 한 번의 날갯짓으로 하늘 높이 날아갔다.

고고학 길드 정원에서 미카엘라는 하늘을 멍하니 올려다보고 있었다.

"……대단하네."

그녀만 그런 게 아니었다.

직원들도 하늘을 망연한 표정으로 올려다보고 있었다.

"굉장한 소리였어……."

"엄청나게 빠르네. ……생전 처음 보는 속도였어."

단 한 번의 날갯짓으로 일어난 바람이 아직도 정원을 맴돌고 있었다.

"이 정도인데도 온 힘을 다한 게 아니라고요……?"

"당연하지. 온 힘을 다했으면 주변에 있는 건물이 모조리 날아갔을 거야. 이건 조용한 편이지."

"아직은 어리지만, 용왕 바젤리아도 성장했군요."

가까이 있던 데이지와 사키가 그렇게 말했다.

과연, 용사 파티는 정말 강자들이 모여있구나.

바젤리아도.

그 위에 타고 있는 악셀도.

지금은 개미만 하게 작게 보이는 악셀을 보고 미카엘라는 깊게 숨을 토했다.

그리고 양손으로 자신의 뺨을 살짝 때렸다.

"좋아. 악셀 씨 일행에게 지지 않도록, 여러분, 우리도 우리가 할 수 있는 걸 합시다."

"알겠습니다, 연구장!"

고고학 길드에서 날아올라 몇 초 지나지 않아 우리는 도시를 한눈에 볼 수 있는 높이까지 날아올랐다.

……자람이 사라진 지금은 시야도 트여있어 어렵지 않았다.

바젤리아의 궤도도 안정적이었다.

『기분 좋네~. 주인, 탑승감은 어때?』

"문제없어. 바젤리아가 잘 날아 줘서 기분 좋아."

『에헤헤, 다행이다!』

바젤리아가 기쁜 듯이 날개를 퍼덕거렸다.

그것만으로 조금 흔들렸지만, 이 정도는 귀여운 수준이다.

갑자기 모래바람 같은 게 날아오면 갑자기 어려워지겠지만.

포격 속을 날아다닐 때는 정말 힘들었었지…….

사람── 아니 나를 태우고 나는 게 익숙해진 것도 있겠지만, 그때와 비교하면 정말 많이 성장했다.

다음에 선물이나 밥 한 끼 사주자.

『주인, 구름 앞까지 왔어.』

어느새 이상한 보라색 구름이 코앞까지 와 있었다.

『들어갈게, 주인.』

"그래."

바젤리아는 겁내지 않고 더욱 가속하면서 뛰어들었다.

구름 안으로 들어가자 온통 보랏빛 안개로 뒤덮여 바젤리아와 나 말고는 아무것도 보이질 않았다.

하지만 이 정도는 전혀 문제가 되지 않았다.

오히려 이야기를 나눌 여유마저 있었다.

『으음…… 구름이 좀 두껍네……!』

"그래, 하지만 바젤리아라면 지나갈 수 있겠지?"

『당연하지! 주인의 기대에 부응해야지!』

우리는 그대로 구름을 뚫고 나왔다.

『우와~, 파란 하늘이 예쁘네.』

"그러게. 오랜만에 보는 풍경이군."

푸른 하늘이 눈앞에 펼쳐져 있었다.

구름을 뚫고 나오는 데에 성공했다.

"잠깐 이대로 날아 줘. 햇빛을 받을 수 있게."

『알았어~』

나는 품에서 양린을 꺼내 들었다.

"어라……?"

그런데 기대와는 달리, 주괴가 갑자기 흐물흐물해지더니만 그대로 뭉개졌다.

"이런…… 뱀신님의 가호가 끊어진 것 같은데."

뱀신님이 사막에서 벗어나면 못 쓴다고 말했던 게 기억났다.

보관고에 찌부러진 양린을 봤는데 이것과 비슷했다.

아무래도 하늘은 토지신의 가호 범위를 벗어나는 모양이다.

"뭐, 하늘에는 하늘의 신이 있으니까, 안 될 것 같긴 했어."

양린을 다시 품에 넣으면서 그렇게 중얼거렸는데, 눈 아래에 있던 바젤리아가 부르르 떨며 면목 없다는 듯 말했다.

『아…… 역시 갑자기 떠오른 생각이 맞을 리가 없겠지……. 미안, 주인.』

"신경 쓰지 마. 나도 혹시 모르면 하고 왔을 뿐이니."

나는 바젤리아를 쓰다듬으면서 덧붙여서 말했다.

"게다가 여기까지 온 목적은 그게 다가 아니잖아?"

『응?』

"모르겠어, 바젤리아? 지상에서 출발한 지 3분이 지났다고?"

그렇게 말하자 아, 하고 바젤리아가 목소리를 높였다.

『그건 내 위에 탈 수 있는 시간이 늘었다는 거지? 처음에는 1분이 고작이었는데, 굉장해! 처음보다 두 배 넘게 늘어났잖아!』

"그래. 물론 과거 운송을 쓰고 있긴 하지만. 그래도 꽤 오래 탈 수 있게 됐어."

자신도 체감할 수 있을 정도였다.

과거 운송도 꽤 성장한 모양이다.

『야호! 주인이랑 날 수 있는 시간이 늘었다! 하늘에서 데이트도 할 수 있겠어!』

바젤리아도 기쁜 모양이다. 기운도 돌아왔고.

"뭐, 여전히 5분을 못 넘길 것 같긴 하지만. 우선, 익숙해질 겸 천천히 밑으로 내려갈까."

『응! 이따가 하늘에서 관측하려면 한 번 더 날아야 하지? 신난다~!』

그렇게 나와 바젤리아는 오랜만에 함께 하는 비행을 맛보면서 땅으로 돌아갔다.

에드거는 예정대로 길을 따라 목표 지점에 도착했다.

눈앞에는 보라색 폭풍의 벽이 있었다.

가까이 다가가자 지금까지 맛본 것과는 차원이 다를 정도로 강한 압력이 느껴졌다.

안에 들어가면 곧바로 탈수, 탈마력 상태에 빠지거나 바람을 버티지 못하고 날아갈 것이다.

그 정도로 강한 폭풍이었다.

"에드거 탐색장. 여기가 자람이 멈추지 않는다는 곳입니까?"

"그래. 정확히 말하면 가끔 멈추긴 하지만. ……곧인가."

에드거가 회중시계를 보면서 말했다.

시계는 16시 5분 전을 가리키고 있었다.

"…………."

방금까지 거칠게 몰아치던 꺼림칙한 폭풍이 조금씩 약해지기 시작했다.

"에드거 탐색장. 자람이……!"

"그래. 자람이 그치는 타이밍이다."

그칠 때는 정말 한순간에 사라진다.

지금도 그만큼 거칠던 보라색 막이 어느새 종적을 감추었다.

자람이 사라진 자리에 남은 것은 모래가 움푹 파인 땅이었다.

……여기 다시 돌아왔다.

16시가 되면 하늘 위에 악셀과 바젤리아가 와 줄 것이다.

그때까지 밑에서 가능한 만큼 해둬야 한다.

"탐색반. 조사 준비를 시작해라. 배치 시작."

"옛!"

그리고 같이 온 탐색부대와 함께 움푹 팬 땅에 발을 디디려던 순간.

"윽──?!"

발을 딛기도 전에 보라색 회오리바람이 몰아치기 시작했다.

예상했던 반응이었다.

"이, 이게 탐색장이 말했던 회오리입니까?!"

"그래, 이 회오리는 좀 더 커진다! 그러나 기죽지 마라! 자람은 멈췄다. 우리가 유일하게 승부를 볼 수 있는 건 이 30분뿐이다!"

이것이 자람의 원인이라는 확증은 없다.

하지만 원인이 아니라는 증거도 없다.

……어느 쪽이든 조사할 가치는 있다.

그러면 어느 쪽인지는 알 수 있을 테니까.

원인이라면 해결하면 되고, 원인이 아니라면 다른 이유를 찾으면 된다.

무의미한 조사가 아니다.

"집중해! 신중하게 나아간다!"

"예!"

저번 같은 꼴은 당하지 않겠다!

에드거와 탐색반원은 한 걸음씩 회오리를 향해서 나아갔다.

아메밋은 바람 속에서 가까워지는 인간들을 보며 생각했다.

······사냥감이, 절호의 기회가 찾아왔다······.

요전에 쫓아냈던 인간을 포함해서 신에게 고개를 숙인 길드 인간들이 제 발로 왔다.

코카쿠가 말한 대로였다.

기다리고 있으면 굴러들어온다더니.

······아아, 지금이야말로 주인에게 전과를 바치고 전공을 올릴 기회다.

상대는 나약한 인간이다.

경계할 필요도 없다.

오히려 여기서 전공을 놓치는 게 수치다.

여기는 내 거점이니까.

이쪽이 유리하다.

코카쿠 님에게 받은 작위와 힘에 아직 익숙하지 않다는 점이 하나의 불안요소였지만…….

이제 그것도 사라졌다.

수련한 결과 완전히 몸으로 익혔다.

힘도 얻었고, 지리적 이점도 있는 데다 좋은 기회까지 찾아왔다. 인간에게 질 요소가 없다.

"코카쿠 님은 하찮은 나에게 힘을 주시고, 수련할 시간까지 주셨다."

성과를 올릴 때다.

받은 힘에 대해 보답할 때다.

힘을 받았으면서 도전하지 않는 건 수치다.

……용사의 모습도 보이지 않는군.

경계 대상은 주위에 없다.

비록 용사가 함께 있었다고 해도, 용사가 강대한 힘을 가졌다고 해도, 나를 잡을 수는 없겠지.

녀석이 날 따라오지 못한다면 의미 없다.

지금이 공격할 때다…….

우선. 먼저 무모하게 이쪽으로 다가온 길드의 인간들을 죽이자.

"자, 신에게 꼬리를 흔드는 인간들아. 기세 좋게 내 거점에 온 건 좋다만…… 슬슬 말라붙을 시간이다……!"

아메밋이 움직이기 시작했다.
성과를 주인에게 보이기 위해.

회오리들이 일제히 움직이기 시작했다.
그 움직임을 가장 먼저 발견한 건 에드거였다.
"조심해라! 보라색 회오리가 움직이고 있다!!"
소용돌이치는 바람이 움직이기 시작했다.
모든 회오리가 이쪽으로 오고 있다.
"탐색장! 어떻게 할까요?!"
"침착해라. 저 회오리 중 어딘가에 사람 그림자가 보일 것이다. 먼저 그걸 찾아라……!"
어딘가에 사람 그림자가 있을 것이다.
저번 조사로 알아낸 사실 중 하나다.
그저 다쳐서 돌아온 게 아니다.
에드거에게 조사란 쌓는다는 개념이었다.
결과와 사실을 계속 분석하고 그걸 거듭하여 쌓아간다면 상황을 바꿀 힘이 된다.

그건 이번에도 변함없을 것이다.

"찾아냈다……!"

전에 다친 와중에도 사람 그림자가 있는 회오리를 기억해 두었다.

다른 회오리보다 좀 큰, 오른쪽에 있는 회오리.

이번에도 그 안에 사람의 그림자가 보였다.

저곳이다.

화살이나 탄은 날려 봐야 회오리에 튕겨 나올 뿐이다.

물리적인 공격수단은 별 의미가 없다.

그래서 무기도 오늘은 가지고 오지 않았다. 대신.

"네놈을 분석해서 대응할 마법과 포진을 준비해 왔지……."

이 회오리는 하늘에서 부는 게 아니라 지면에서 일어났다.

발생원은 지면에 있다.

그건 저번에 휘말렸을 때 알아냈다.

"지면을 통째로 날려버리면 된다……! 전 대원, 오른쪽에 있는 회오리에 집중포화!"

"알겠습니다——【윈드 버스트】!"

전 부대가 동시에 중급 마법을 날렸다.

원래는 물건을 날려버리는 정도가 고작이지만, 이만큼 모인다면 이야기가 다르다.

"＿＿."

회오리에 대항하듯 폭풍이 솟아올랐다.

충격에 모래 먼지가 솟았으나 바람에 떠밀려 곧 사라졌다.

그리고 곧 폭풍의 효과가 눈에 들어왔다.

"만세! 회오리가 멈췄다!"

이쪽으로 다가오던 회오리가 사라졌다.

"막아냈어!"

"하하, 조사와 추구가 모토인 고고학 길드에 시간을 준 걸 후회하게 해주지!"

대원들은 위세 좋게 목소리를 높였다.

대원들이 힘을 모아야 겨우 할 수 있었지만, 그래도 해냈다.

"그래, 이거라면 할 수 있어……."

에드거가 중얼거린 순간.

"호오, 나를 찾아내다니. 꽤 하는군."

그런 목소리가 들려왔다.

폭풍에 모래 먼지가 날아가고 에드거의 눈에 들어온 건 예상 밖의 존재였다.

"충인이라고?!"

충인은 곤충과 사람을 섞어놓은 듯이 생긴 종족이다.

이 지방에서는 볼 일이 거의 없다. 적어도 에니아드에서는 수십 년간 본 적도 없었다.

충인이 살기에 좋은 환경이 아니기 때문이다.

게다가 이 충인은 외양도 조금 특이했다. 오른팔이 징그러울만큼 부풀어 있었다. 이런 자가 마을을 지나갔다면 모를 리가 없었다.

도대체 언제부터 이 사막에 있었는지.

게다가 왜 회오리 안에 있었는지.

"네놈, 대체…… 누구냐……!"

그러자 충인이 눈으로 웃었다.

그리고 개미처럼 생긴 입을 끼익 벌리며 대답했다.

"날 찾아낸 상으로 가르쳐주지. 나는 마인, 자풍경 아메밋. 기억해둬라. 네놈들 인간과 신을 말라비틀어지게 할 자다……!"

그 말을 들은 탐색반이 주춤했다.

"마, 마인이라고……?!"

"에니아드에도 나타났나……! 게다가 저 기분 나쁜 팔은……."

그 말을 듣고 아메밋이 소리 높여 웃었다.

"하하, 이 아름다움을 깨닫지 못하다니, 어리석군……. 그렇다면 그 몸으로 아름다움을 맛보도록 해라. 나의 주인께서 주신 작위의 증거, 『폭풍의 팔』을⋯⋯!"

아메밋이 그렇게 말한 순간 비대해진 오른팔에서 보라색 모래와 바람이 굉장한 기세로 분출됐다.

"뭣이⋯⋯?!"

눈 깜짝할 사이에 소용돌이를 일으키는 바람이 되어 아메밋 주위에 회오리가 생겨났다.

"그 보라색 모래도, 회오리도, 폭풍도, 전부 네놈 짓이었단 말인가⋯⋯!"

"정답이다. 약하고 작은 인간이여. ⋯⋯그건 그렇고, 내 바람이 가장 약할 때를 노려 온 것까지 두 개를 맞췄으니 상도 두 번을 줘야겠지. 내 힘을 보여주마."

직후 아메밋 팔에서 뿜어져 나오는 바람이 더욱 강해졌다.

단숨에 회오리바람이 생겨났다.

"젠장⋯⋯! 아까보다 몇 배는 크잖아⋯⋯!"

지름이 몇 미터는 될법한 회오리가 몇 개나 생겨났다.

"자, 첫 번째 선물이다. 【샌드 블래스트】!"

그 말을 신호로 회오리에서 검은 말뚝들이 날아왔다.

"모두 피해라!"

에드거는 바로 몸을 옆으로 날리면서 외쳤다.

"크악……."

"죄, 죄송합니다……."

그러나 몇 명이 그대로 당하고 말았다.

손이나 발에 검은 말뚝이 박혀있었다.

"이 말뚝은…… 그때 토지신 님을 공격했던 녀석인가……! 역시, 그것도 마인의 기술이었군! 다친 사람은 움직일 수 있을 때 빨리 물러나라! 이 말뚝은 마력을 빨아들인다!"

부상자를 물러나게 하면서 에드거는 보았다.

"자…… 지금부터 진짜 시작이다."

아메밋이 회오리에 몸을 숨기는 모습을.

"도, 도망칠 셈이냐?!"

"무슨 바보 같은 소리냐. 네놈들에겐 아름다운 팔을 보여줄 가치도 없을 뿐이다."

회오리 안에서 목소리만이 들려왔다.

하지만 이미 어디에 있는지 알 수 없었다.

"크윽…… 한 번 더 마법을 박아넣으면……!!"

에드거는 탄에 맞을 각오를 하고 가까이 다가가기 시작했다.

"저런, 그렇게 내 바람에 닿고 싶은가. 그렇다면 상을 하나 더 내려주지.【스톰 블래스트】"

"크아아……!!"

그 순간 에드거는 딱딱한 무언가에 부딪혀 튕겨 나가고 말았다.

"으…… 뭐야, 이건……. 회오리가 이렇게 단단할 리가……."

"탐색장! 이 회오리는 뭔가 다릅니다!!"

"바람 마법이 통하질 않습니다!"

대원 몇 명이 마법으로 바람의 칼날이나 풍압으로 공격하고 있었다.

그렇지만 회오리는 그 모든 공격을 튕겨냈다.

화염이나 얼음 마법으로 공격해도 똑같은 결과였다.

단순한 바람이 아닌 게 확실했다.

"저런, 왜 그러나. 닿고 싶어 하지 않았나."

그리고 득의양양하게 웃는 소리만이 들려왔다.

물론 검은 말뚝도 여전히 날아오고 있었다.

덧붙이자면 날아오는 건 검은 말뚝만이 아니었다.

"탄환도 늘어났나……!"

회오리 안에서 돌 조각이 휙휙 날아왔다.

이 문양은…… 설마…… 고대 유적의 외벽인가?!

날아오는 돌을 보고 에드거는 깨달았다.

익숙한 문양이 돌 조각마다 새겨져 있었다.

이런 게 계속 날아온다는 의미는 하나뿐이었다.

"네놈! 고대 유적을 부순 거냐!!"

에드거의 외침에 아메밋이 웃었다.

"그렇다. 오랜 세월을 거친 것 치고는 얄미울 정도로 단단해서 조금 성가셨다만, 신이 남긴 유적 따위가 내 회오리를 견딜 리가 없지!"

고대 유적은 몹시 단단한 물체로 지어졌다.

예전에 한번엔 유적에서 나온 석판을 보전하기 위해 뱀신님의 허가를 받고 유물을 가져오려 했던 적이 있었는데, 유적의 벽이 너무 단단해서 중급 마법은커녕 상급 마법으로도 조금 잘라내는 게 고작이었다.

근데 그 유적의 벽을 놈이 부쉈다.

놈의 회오리가 상급 마법보다 강력하다는 의미였다.

어설픈 방어 마법으로 버틸 수 있는 공격이 아니었다.

저 회오리에 뛰어들어 봐야 죽을 뿐이다.

"공방 일체의 회오리란 말인가……!"

이를 악물고 말하는 에드거를 보고 웃음소리가 사막에 울려 퍼졌다.

"하하하, 내 폭풍은 이제 시작이다. 네놈들이 말라비틀어질 때까지. 이 마인 아메밋의 상을 사양하지 말고 계속 받도록."

16시가 되기 조금 전.

예정 시각보다 조금 일찍 출발한 악셀이 하늘을 날고 있었다.

『저기, 주인. 아래쪽 보여?』

"그래, 관찰하려고 계속 보고 있었는데, 아무래도 벌써 전투가 시작된 모양이야."

『응. 회오리가 고고학 길드 사람들을 덮치고 있어.』

악셀이 회오리를 관찰하려고 바닥을 내려다봤을 땐 이미 고고학 길드의 대원들이 누군가와 싸우고 있었다.

『뭔가 마인이 어쩌고 하는 소리가 들린 것 같은데.』

"여전히 바젤리아는 귀가 밝네. 그나저나 여기서도 마인인가."

마인의 출몰이 늘어났다는 소문을 길드나 도시 사람들에게 듣기는 했다. 소문이 전부 진실이라고 할 수는 없겠지만, 그런 소문이 돌기 시작했다는 것 자체가 중요했다.

……설마 멀리 떨어진 에니아드에서도 나올 줄이야.

아직 저기에 마인이 있는지는 확실하지 않다.

하지만 마인이란 단어가 나온 이상 방심할 순 없다.

"마인이 사람들을 공격하고 있다면 어떻게든 해야지."

이미 회오리를 위에서 관찰한다는 의뢰는 끝냈다.

회오리 안에 충인이 있는 것도, 그리고 그 녀석이 길드 사람들을 공격하고 있는 것도 보았다.

늦기 전에 대처해야겠군.

『그럼 늘 하듯 주인이 공격하는 사이에 내가 뒤를 지킬게.』

"그래, 부탁해. 여기서 일직선으로 내려갈 수 있겠어?"

여기서라면 강습할 수 있다.

『물론이지. 하지만 자칫하면 바람에 휩쓸릴 수도 있는데 괜찮겠어? 힘으로만 붙잡고 있으면 날아갈지도 몰라.』

바젤리아가 불안해하자 나는 쓰다듬으면서 대답했다.

"괜찮아. 과거 운송으로 스킬을 바꾸면 문제없어."

과거 운송으로 불러올 수 있는 스킬이 늘어나면 그만큼 기승 스킬도 늘어난다.

용왕 위에 타고도 3분 이상 버틸 수 있는 것도 그 덕분이다.

『……그럼 오랜만에 해 볼까, 주인!』

"그래."

나는 곧장 과거 운송으로 합성 스킬을 불러냈다.

전투 스킬도 아니고 방어 스킬도 아닌,

그저 기승 스킬을.

"【드래곤즈 커넥트】"

이 스킬을 쓰면 몸이 딱 달라붙어 튕겨 나갈 걱정이 없다.

『이 스킬은 주인에게 안기는 것 같아서 좋아──!』

바젤리아가 기쁜 듯이 말한 뒤,

『그럼 가속할게, 주인! ──【파이어 폴】!』

음속보다 빠르게 수직 하강을 시작했다.

에드거는 부하인 길드원들과 함께 보라색 회오리의 상대를 하고 있었다.

"큭…… 이렇게 강력한 회오리를 마구 불러낼 수 있다니……."

회오리를 몇 번이고 폭풍으로 날렸다.

하지만 곧바로 새로운 회오리가 생겨났다.

보라색 모래에 조금씩 수분과 마력을 계속 뺏기고 있는데, 끝이 보이질 않았다.

애초에 회오리 어디에도 목표가 보이질 않았다.

"이런……! 【윈드 버스트】……!"

아무 회오리나 붙잡고 폭풍을 날려도 안에는 아무도 없었다.

"……탐색장, 이쪽도 아닙니다……!"

다른 대원도 마법을 썼지만, 역시 어디에 있는지 알 수 없었다.

그리고 이러는 와중에도 마력은 점점 사라지고 있었다.

이미 다른 대원들은 제대로 서 있을 수도 없는 상황이었다.

"……으……윽……."

그리고 에드거도 당장 무릎이 꺾일 듯 휘청거리고 있었다.

이쪽의 공격이 전혀 통하질 않았다.

에드거와 대원들은 궁지에 몰려 있었다.

"하하, 역시 인간은, 이 정도인가."

아메밋의 부추기는 듯한 목소리가 때때로 들려왔다.

이쪽의 전의를 꺾으려는 건지 굉장히 즐거워 보였다.

"역시 코카쿠 님이 너무 경계하신 건지도 모르겠군. 아니면 내가 너무 강해진 건가? ……뭐, 어느 쪽이든 상관없지. 슬슬 끝내주마."

그 말을 들은 순간 주위에 있던 회오리가 한곳으로 모이더니, 크기가 한층 더 커졌다.

"으윽…… 지금보다 더 강해지는 건가……."

커다란 회오리가 이쪽으로 다가왔다.

"탐색장……! 저희 마법으로는 대항할 수가 없습니다……!"

대원들이 억지로 마법을 썼지만, 거대한 회오리는 꿈쩍도 하지 않았다.

"자, 네놈들은 말라붙은 채로 내 작위를 장식할 전공이 되어라……!"

회오리 안에서 아메밋의 목소리가 들렸다.

가까이 있는데도, 보이지 않았다.

손도 댈 수도 없었다.

에드거는 울분이 차올랐다.

"젠장……! 뭔가…… 뭔가 다른 방법은 없는 건가……!"

눈앞에 다가오는 회오리를 보고 에드거가 이를 악물었다.

그때.

"우릴 잊은 건 아니지? 에드거."

갑자기 나타난 열풍이 거대한 회오리바람을 갈랐다.

"──?!"

아니, 그건 바람이 아니라.

"악셀 공……?!"

내려온 건 커다란 검을 쥐고 화염 같은 열기를 두른 악셀이었다.

"의뢰를 마치고 ──마인 토벌을 도와주러 왔어."

최강 직업(용기사)에서 초급 직업(운반꾼)이 되었는데,
어째서인지 용사들이
의지합니다

제6장 ◆ 폭풍을 헤치고 나아가는 법

내 목소리에 에드거는 떨리는 목소리로 대답했다.

"마인…… 어떻게 그걸?"

"위에서 들었어."

악셀이 검을 어깨에 올리고 손가락으로 하늘 위를 가리켰다.

"위에서……?"

에드거가 악셀이 가리킨 곳을 바라보자,

『기다렸지!』

바젤리아가 곧이어 내려섰다.

──쿠쿵!

하는 무거운 충격음이 모래땅 위에 울려 퍼졌고 모래 먼지가 피어올랐다.

하지만 그 모래는 바젤리아가 날개를 접는 것만으로 전부 날아갔다.

모래도 소리도 가라앉자 바젤리아가 이쪽을 쳐다봤다.

『역시 주인이 더 빨랐네. 나는 비행 속도만 빠르지 강하는 잘 안 된단 말이지. 어려워~.』

"신경 쓰지 마. 내가 빨리 내려올 수 있는 것도 네 속도를 받아서 그런 거니까, 사실 네 덕분이야."

용이 전속력으로 지면에 충돌하면 너무 충격이 크니 결국 매번 내가 먼저 떨어질 수밖에 없다. 바젤리아가 속도를 줄이지 않았다면 도와주기는커녕 에드거 일행까지 모조리 날아가 버렸을 거다.

따지자면 속도만의 문제가 아닌 셈인데…….

"이, 이 용이 바젤리아 공입니까……? 용사의 파트너라는…….."

에드거가 바젤리아를 보고 경악했다.

에드거는 바젤리아가 용으로 변신한 것은 처음이었지, 참.

그래도 바로 알아차린 것 보니 눈치는 빠른 모양이다.

"그럼, 바젤리아. 작전대로 후방 보호는 맡길게."

『알았어~!』

인간의 모습으로 돌아온 바젤리아는 후방으로 부상자를 옮겼다.

그것을 곁눈질로 확인하면서 나는 적을 향해 돌아섰다.

모래에 몸을 반쯤 파묻고 있던 충인이 경악하고 있었다.

모래 속에 숨어 있던 게 낙하 충격으로 모래가 날아가면서 위치가 들통났다.

"내 회오리를 없애다니……?!"

"에드거, 저 녀석이 마인이야?"

"아, 그렇다네, 악셀 공!"

그 말을 듣고 마인이 나와 바젤리아를 보고 고개를 끄덕였다.

"악셀……? 그렇군. 네놈이 용기사였나."

눈앞에 서 있는 인간과 용을 보고 아메밋이 미소지었다.

"하하하하, 그랬군! 네 녀석이 내 주인과 마인의 적인가! 용기사 악셀이여!! ──잘도 이 자풍경 아메밋 앞에 나타났구나!"

"자진해서 적이 된 기억은 없는데. 그리고 전직 용기사지, 지금은 운반꾼이다, 아메밋. 착각하지 마라."

"너야말로. 나는 자풍경 아메밋이다. 작위를 잊지 마라, 운반꾼 악셀이여."

그렇다. 중요한 건 작위와 전공이다.

지금 눈앞에 있는 자를 쓰러트리면 큰 공을 세울 수 있다.

설마 절호의 기회가 두 번 오다니.

역시 오늘은 운이 좋군.

"여기서 너를 쓰러트리면 나는 더 칭찬을 받고 작위와 힘을 얻겠지……!! ──그러니 여기서 죽어라!"

아메밋은 즉시 모든 힘을 다해서 공격했다.

오른팔에 마력을 담아 대량의 보라색 모래와 회오리바람을 만들어냈다.

그것을 본 악셀이 눈을 찡그렸다.

"보라색 회오리? 에드거, 설마 저 녀석이 자람의 원인이야?"

"그래. 자기 입으로 그렇다고 하더군. 놈의 오른팔이 힘의 원천인 것 같은데……!"

"그럼 이 마인을 어떻게 하면 다 해결되겠군."

악셀은 검을 들고 자세를 잡았다.

아무래도 검 한 자루로 이쪽을 상대할 생각인 모양이다.

첫 기습 공격에는 조금 놀랐다만, 그뿐이다.

"허세 부리지 마라! 네놈 따위가 내 폭풍을 막을 수 있을 것 같나? 내 폭풍 앞에서는 그 토지신도 무력하단 말이다!"

나에겐 이 팔에서 나오는 모래와 바람이 있다.

질 리가 없다.

"네 폭풍이 얼마나 잘났는지는 모르겠다만, 이 폭풍 때문에 나를 비롯해 사람들이 곤란해하고 있거든."

악셀은 그렇게 말하면서 이쪽을 날카로운 눈으로 쳐다보면서 덧붙였다.

"그러니 너를 막고 맑은 하늘을 되찾아야겠다, 아메밋."

악셀의 말에 아메밋은 웃음을 흘렸다.

"할 수 있으면 해 봐라! ──【팔랑크스 토네이도】!"

외침과 동시에 회오리가 생겼다.

온 힘을 다해 발동한 마법이었다.

"가라, 회오리여!"

아메밋은 손가락을 움직여 악셀을 향해 회오리를 움직였다.

아까 길드원들을 공격했던 탄환이 악셀에게 날아갔다.

하지만 아메밋의 공격은 여기서 멈추지 않았다.

악셀이 등장할 때 보여준 몸놀림을 보아, 이정도는 피할 수 있을지도 모르는 일이었다.

……빈틈을 보일 순 없지.

아메밋은 다른 이어서 다음 마법을 사용했다.

"──【클리어 블레이드】……."

아메밋은 영창소리가 회오리에 휩쓸려 들리지 않도록 했다.

이 마법은 회오리 사이를 누비는 바람 칼날을 날리는 마법이다.

……그래, 네놈은 내 공격을 볼 수도 없을 테지.

바람은 눈으로 볼 수 없으니까.

『폭풍의 팔』에 익숙해지면서 얻은 힘 중 하나다.

피할 수 있을 리가 없다.

언젠가 찾아올 강적에 대비해서 지금까지 숨겨 온 기술이다.

악셀은 회오리를 피하려고 하다가 틈새로 날아오는 칼날에 무참히 당하리라.

그런데.

──휘익……!

악셀은 쥐고 있던 검으로 바람의 칼날을 튕겨내 버렸다.

……아니?!

바람의 칼날이 강력하다 해도 용기사의 검보다 강력하진 않다.

두 검이 부딪치면 바람의 칼날이 사라지는 건 당연한 일.

하지만 중요한 건 그게 아니었다.

……대체 어떻게 막은 거냐!

설마 바람의 칼날이 보이는 건가?!

아메밋은 곧 머리를 흔들어 생각을 날려버렸다.

우연이다.

어쩌다가 검과 부딪혔을 뿐이다.

보이지도 않는 걸 알아차리고 막는다니, 말도 안 된다.

놈의 운이 좋았을 뿐이다.
다시 한번 날리면 이번에야말로 끝을 낼 수 있으리라.

"——【클리어 블레이드】……!"

아메밋은 아까보다 더 많은 바람의 칼날을 날렸다.
그리고 새로운 마법을 이어서 사용했다.

"【클리어 래피드 샷】……!"

이번에는 바람의 탄환까지 섞었다.
한 발만 맞아도 몸을 박살 낼 수 있다.
바람의 칼날과 마찬가지로 보이지도 않는다.
……바람의 칼날과 같다고 생각하지 마라……!
무기를 부수지는 못해도, 손에서 튕겨낼 순 있다.
놈의 방어 수단을 제거할 수 있다.
막지 못하면 치명상.
막더라도 무기를 잃고 다음 공격에 맞을 뿐.
"네놈의 운도 여기서 끝이다……!"
이걸로 끝이다.
놈의 몸은 곧 피투성이가 될 터.

그러나.

"과연. 제법 머리를 썼군."

눈앞에서 일어난 결과는 자신의 상상을 초월하고 있었다.

"뭣이……?!"

악셀은 모든 공격을 피하면서 회오리 사이를 지나 이쪽으로 다가오고 있었다.

……마, 말도 안 돼……!

보이지 않는 공격이라고!

모래 먼지로 어쩌다 한두 번은 보일 수는 있겠지만, 저걸 다 피한다는 건 말이 안 된다.

"어떻게 빠져나온 거냐?!"

"공교롭게도 폭풍우와 역풍은 실컷 상대해봤거든. 보이지 않아도 바람 사이로 난 길을 찾는 건 익숙해. ……이렇게."

어느새 악셀이 코앞까지 다가와 있었다.

악셀이 망설임 없이 검을 아래서 올려치듯 휘두르자 아메밋은 반사적으로 방어 마법을 사용했다.

"……?! 【풍벽】……!"

그 짧은 틈에 강력한 바람이 불었지만.

"느려……!"

검은 멈추지 않고 아메밋의 허리를 향해 날아들었다.

"크헉……!"

급하게 바람으로 막은 덕분에 칼날에 베이지는 않았지만, 악셀
의 힘까지 막을 순 없었는지 그대로 검에 치여 튕겨 나가고 말았다.
……아직이다!
아직 지지 않았다!
그래.
"아직 내 폭풍은 남아 있다! 【팔랑크스 토네이도】!"
검에 튕겨 나가면서 아메밋은 다시 회오리를 불러냈다.

──후웅!

보라색 회오리가 악셀 앞에 나와 눈을 가렸다.
……이 틈에 회오리에 몸을 숨기면──.

"거기군."

악셀은 아메밋이 숨어 있는 회오리를 정확히 노리고 검을 휘둘
렀다.

"윽……?!"

아메밋은 반사적으로 물러나 악셀의 검을 피했다.

"……!"

그러나 악셀의 눈은 아메밋을 정확하게 노려보고 있었다.

이해할 수 없었다.

회오리에 몸을 숨겼는데.

저쪽에서 보일 리가 없는데.

……놈은 내가 어디 있는지 다 보인단 말인가?!

녀석의 공격에는 망설임이 없었다.

"네놈, 내가 보이지 않을 텐데 어떻게 아는 거냐……!"

"바람의 길을 볼 수 있다고 했잖아? 네가 바람 속에 숨어서 내 눈을 피하더라도, 바람의 흐름이 네 위치를 가르쳐준다고."

"무슨 헛소리냐?!"

"네가 있는 곳만 바람의 흐름이 원활하지 않아. 이러면 직접 눈으로 보지 않아도 어디 있는지는 알 수 있지. 이건 내가 유별난 게 아니야. 전투에 익숙한 녀석이라면 전부 할 수 있는 거다. 마인 아메밋…… 네 녀석은 전투 경험이 별로 없나 보군?"

"──윽!!"

악셀의 말에 아메밋은 끼익, 하는 소리를 냈다.

인간 주제에 나를, 코카쿠 님에게 힘을 받은 나를 깔보다니! 있어선 안 되는 일이다……!!!

악셀이 주인마저 깔보고 있다는 불쾌감이 아메밋 안에 솟구
쳤다.

아메밋은 이 불쾌감을 노골적으로 토해냈다.

"네 녀석은 반드시 죽이겠다! 이 팔에 걸고, 나는 네놈의 목을
전공으로 삼을 것이다……!"

그리고 분노에 몸을 맡긴 채 아메밋이 팔을 흔들었다.

"——【자풍 대람(紫風 大嵐)】……!"

……이 공격은 내 모든 생명과 마력을 바치는 기술! 반경 몇백
미터를 감싸는 천재지변의 회오리다!

"어디 말라비틀어질 때까지 계속 피해 봐라! 뒤에 있는 놈들도
통째로 흡수해 주마!"

아메밋이 만들어 낸 거대한 회오리를 앞에 두고 나는 검을 들
었다.

"네 말대로 피해 봐야 의미가 없는 공격이군."

피할 수도 없을뿐더러, 내가 피해도 길드원들은 피할 수 없다.

어차피 피할 필요도 없지만.

"어차피 네놈도 거기 있다는 건 변함 없고."

아메밋은 저 회오리 안에 있다.

그럼 저 회오리를 노려 공격하면 그만이다.

"아메밋. 너에게 모든 것을 베는 용신의 날갯짓을 보여주마."

검을 허리 높이에서 눕혀 쥐고, 스킬을 발동했다.

"【드래곤 더블】."

손에 쥐고 있던 검이 흔들렸다.

검을 감싸고 있던 마력이 검날과 손잡이를 본체 아래 그대로 복사했다.

마력의 검은 본체와 똑같이 움직인다. 나는 검을 허리춤에서 쥔 채로 몸을 한껏 비틀었다.

이 기술은 동방의 검사가 쓰던 기술을 용기사 버전으로 개량한 것이다.

하늘에서 불어오는 맞바람 속에 다가오는 적군을 베기 위해 고안한, 역풍에 대항하는 기술.

"【드래고닐 스톰】."

검을 크게 휘두르자 곧바로 참격이 날아갔다.

적은 회오리에 숨어 어디 있는지 알 수 없었지만, 상관없었다.

두 마력의 참격은 악셀이 휘두른 칼날을 따라 선을 긋듯 모든

것을 베기 시작했다.

눈 한가득 펼쳐진 수백 미터의 회오리조차 하얀빛의 참격을 막을 수는 없었다.

마치 보라색으로 물든 거대한 사막의 캔버스에 순백으로 빛나는 선이 한 줄기 나아가듯이.

멈추지 않고 일직선으로.

"……?!"

하얀빛은 한 치의 망설임 없이 회오리째로 아메밋의 몸을 갈라버렸다.

"어째서냐……! 주인께서 주신…… 작위의 힘이, 이런, 인간에게 지다……니…………."

그런 말을 남기고 아메밋은 그 자리에 쓰러졌다.

길드원들은 이 싸움의 결말을 지켜보고 있었다.

"탐색장, 방금 건……."

"그래, 폭풍을 가르다니, 굉장한 걸 봐버렸군. ……검을 휘두른 순간, 마치 거대한 용이 날아가는 것만 같았어."

악셀의 모습이 그림에서나 보던 용신처럼 보였다.

정말 한순간이었지만, 무언가를 엿본 듯한 기분이었다.

"이것이 용기사의 힘인가……."

놀라움과 기쁨이 섞여 머리가 잘 돌아가지 않았다.

하지만 감상에 빠져있을 틈도 없이 새로운 감동이 밀려왔다.

"탐색장! 보이십니까! 하늘이……!"

"나도 보고 있네."

에니아드를 덮고 있던 구름이, 하늘이 갈라지고 있었다.

악셀이 쏜 기술의 여파인지 마인이 쓰러져서인지 모르겠지만.

"──오랜만에 보는 푸른 하늘이구나. 저 사람이 되찾아 준 하늘이야."

몇 달 동안 하늘을 덮고 있던 구름이 사라졌다.

푸른 하늘이 눈앞에 펼쳐져 있었다.

"다녀오셨어요, 악셀. 용왕 하이드라."

"앗, 돌아왔구나."

마인을 쓰러트리고 고고학 길드로 돌아오자 동료 두 명이 맞아 줬다.

"그래, 다녀왔어."

"주인이랑 같이 돌아왔어~!"

"고고학 길드에 온 염문을 봤어. 마인이랑 싸웠다며? 둘 다, 수

고했어."

데이지는 그렇게 말하고 내 어깨에 올라가더니 주무르듯이 손을 움직였다.

"하하, 고마워, 데이지. 싸우는 동안 도시에 문제는 없었어?"

그러자 사키가 대신 대답했다.

"정말이지 아무 일도 없었습니다. 굳이 있다면 악셀의 멋진 모습을 보지 못한 게 유감이네요. 무슨 공격을 당한 것도 아니고, 별일 없었답니다. 구름이 걷히면서 주민들이 뛰쳐나오고 있는 정도일까요."

"그렇구나. 다행이네."

마인을 쓰러트려도 도시 상황은 알 수가 없었으니까.

기껏 이겼는데 도시는 박살이 났습니다, 같은 상황이 되면 농담이 아니다.

뭐, 다들 무사하면 됐나.

"악셀 그란츠. 이 도시의 문제를 해결해 주셨군요."

문득 그런 목소리가 들렸다.

──스륵

고개를 돌려보니 보관고 안에서 뱀신이 나와 있었다.

"오, 뱀신님인가. 밖에 나와 있었구나."

"네. 다른 사람들이 싸우고 있는데 제가 숨어만 있을 수는 없으니까요. 영수 항아리나 마법 도구들을 조정하고 있었습니다. ……보아하니 사용할 일은 없을 것 같지만요."

"원인을 찾아낸 건 에드거와 탐색반이야."

"네, 에드거와 탐색반에도 감사를 전했습니다. 하지만 가장 감사를 전해야 할 상대는 그대와 동료들이겠지요."

그렇게 말하더니 뱀신이 보관고에서 나와서 우리에게 가까이 다가왔다.

그리고 그 몸을 꺾어서 고개를 숙였다.

"당신들 덕분에 저도 이전 모습을 되찾았습니다."

그녀는 고개를 들고 하늘을 봤다.

그때야 나도 뭔가 다르다는 걸 깨달았다.

"그러고 보니 몸 색깔이 변하고 있네?"

뱀신의 색깔이 차츰 변하고 있었다.

조금 전까지만 해도 새하얗던 몸이 햇볕을 받자 차츰 푸른색이 섞이면서 마치 하늘을 흡수한 듯한 색이 되었다.

"이게 원래 모습인가?"

"네. 그동안은 햇빛을 받지 못해 새하얗게 변해있었던 거죠. 그리고 이것을 받아주십시오."

그렇게 말하면서 뱀신이 눈을 감았다.

이윽고 뱀신의 비늘에서 빛이 나더니 저번에 봤던 풍경이 이어졌다.

"부디 써 주십시오. 원하시던 푸른 『양린』입니다."

하지만 저번과 다르게 이번에 나온 건 하늘을 담아둔 것 같은 선명한 푸른색 주괴였다.

"이게 진짜 양린인가."

"네. 이런 푸른색이 나와야 비로소 제 성능을 낼 수 있습니다. 마음껏 쓰세요."

그 말을 듣자 내 어깨에 있던 데이지가 파란 양린에 손을 얹었다.

그리고 강하게 고개를 끄덕였다.

"음, 확실해. 이거면 쓸 수 있어, 친구!"

"오오, 잘됐네. 고마워, 뱀신님."

"아까도 말씀드렸지만, 감사는 제가 해야지요. 악셀 그란츠. 운반꾼인 당신은 이 도시에 푸른 하늘을 되찾아주었습니다. ──이건 당신만이 할 수 있었던 일이에요."

미소지으면서 그렇게 말했다.

에필로그 ◆ 따스한 바람이 뒤에서 밀어주듯

에니아드에 푸른 하늘이 돌아오고 며칠이 지났다.

데이지와 함께 뱀신에게 받은 양린으로 창을 고친 결과, 무사히 수리를 진행할 수 있었다.

수리를 어느 정도 마친 뒤에는 오랜만에 보는 푸른 하늘 아래서 축하 잔치에 참여했다.

연회에서는 보라색 모래가 섞이지 않은 상쾌한 바람 속에서 술과 음식 대접을 받았다.

이날 먹은 음식과 술에는 영수를 사용했다.

뱀신과 고고학 길드의 아이디어였는데, 자람으로 약해져 있던 주민들은 음식을 먹을 때마다 차츰 건강을 되찾아갔다.

자람이 멎은 다음 날에는 주민 대부분이 이전대로 돌아가 있었다.

뱀신도 이따금 상황을 보고 연회에 참가해 『이번 폭풍 소동을 멈춘 건 여기 악셀 그란츠 덕분입니다』라고 말하면서 각 길드 사람들에게 설명하고 다녔다.

물론 시끌벅적한 건 연회뿐이 아니었다.

맑은 하늘 아래, 에니아드의 큰길도 활기를 되찾았다. 우리는 에니아드의 활기를 느끼며 다시금 관광을 즐길 수 있었다.

그리고 지금.

나는 데이지의 거점의 문을 잠갔다.

"이걸로 됐나?"

"그래. 아무나 함부로 들어갈 수는 없을 거야. 관리는 고고학 길드에서 할 거고. 그렇지, 미카엘라?"

데이지의 말이 미카엘라에게 향했다.

"예. 저희가 책임을 지고 관리하겠습니다. 데이지 씨는 동료분들과의 여행을 즐겨 주세요."

"그래, 고마워."

"저야말로 감사하죠. 그리고 악셀 씨도. 이번에는 구조부터 마인 토벌까지, 전부 감사합니다."

꾸벅, 하고 미카엘라가 인사하면서 말했다.

그리고는 쓴웃음을 지었다.

"에드거도 배웅하고 싶어 했습니다만, 너무 무리해서 지금은 입원해 있어요."

"뭐, 사막에서 구조되자마자 이튿날 마인이랑 싸웠으니 그럴 만도 하지."

처음부터 강행군이었다.

거기서 문제가 해결되어 긴장의 끈이 풀어졌으니 지금은 안 아프던 곳도 아플 거다.

"무사한 거지?"

"네. 당분간 누워서 푹 쉬면 나을 겁니다. 하루빨리 유적을 보수해야 하는데 하고 계속 중얼대고 있지만요."

마인 토벌전 후에 축배를 들 때도 에드거가 이렇게 말했다.

이번 마인 사건으로 일부 유적의 외벽과 내벽에 있던 석판이 망가졌다는 모양이다.

다만, 다행히도 고고학 길드 사람들이 파편을 거의 다 찾았다고 한다.

『고대…… 그러니까, 신들이 다스리던 시대의 정보는 귀중해. 연구반과 탐색반의 힘을 모아서 확실하게 고치자고. 외벽도, 내부도 말이지. 예전에 유적 상태를 기록으로 남겼으니까, 그걸 기반으로 복구하면 문제없을 거야.』

그 뒤에 쓰러져서 곧 병원행 신세가 됐지만.

"뭐, 무사하다면 괜찮겠지."

"에드거가 기운을 차리면 아메밋을 심문할 예정입니다. ……마인을 산 채로 잡아주셔서 감사합니다. 덕분에 침입 경로도 알아낼 수 있게 됐습니다."

"오히려 그랬다가 자람이 사라지지 않았으면 곤란할 뻔했지만."

회오리와 함께 아메밋도 반 토막이 났지만, 충인은 워낙 생명력이 강하기에 급소를 베는 게 아니라면 그 정도로는 죽지 않는다.

그래서 나는 적어도 보라색 모래를 만들어내는 팔과 몸을 분석하면서 아메밋의 의식을 끊을 정도의 일격을 날린 것이다.

일부러 완전히 숨통을 끊지 않았다.

본인이 자람의 원인이라고 말했지만, 거짓말일 수도 있으니까.

보라색 모래가 그 마인의 팔에서 나왔다고 해도 자람의 원인은 다른 것일 가능성도 있었고.

그래서 생포하기로 했다.

현재는 고고학 길드나 상업 길드가 공동으로 관리하는 옥에 엄중히 봉인해 수용됐다.

앞으로는 다른 길드 사람들도 함께 조사할 예정이다.

"우선, 아메밋의 팔을 자르고 나서 모래나 폭풍이 생기진 않았지?"

"네, 그 폭풍의 팔이라고 부르던 팔은 완전히 멈췄습니다. 자람도 완전히 해결됐다고 봐도 될 겁니다. 마력 반응도 같이 없어졌으니 망가졌을지도 모르지만, 그것도 조사해봐야겠죠."

"그렇군. ……아무리 엄중하게 봉인했다고는 해도 마인이니 방심하지 마."

"예, 조심하겠습니다."

미카엘라는 진지한 눈으로 고개를 끄덕이고, 아아, 하고 목소리를 높이고는 품속에 있던 무언가를 꺼냈다.

"──참, 뱀신님께서 『몸이 커서 방해되니 배웅 대신 선물을 드리지요』하고 선물을 주셨습니다."

"선물?"

미카엘라가 작은 나무 상자를 건네주었다.

상자 안에는 작은 파란 비늘로 엮은 목걸이가 들어있었다.

"설마 비늘로 만든 액세서리인가?"

"네. 『제 신뢰의 증표입니다. 다른 토지신과 만나고 싶을 때 이걸 보여주면 이야기 정도는 나눌 수 있을 겁니다』라고 하셨습니다."

"길드 인증 도장이랑 비슷한 건가."

"그렇죠. 토지신은 길드와는 또 다르게 특유의 커뮤니티가 있으니 잘 활용해달라고 하셨습니다."

"그래, 쓸 기회가 있으면 그렇게 할게."

나는 품속에 비늘로 만든 액세서리를 넣었다.

그러는 사이에 미카엘라는 데이지에게 말했다.

"다음에 가실 곳은 정령 도시였나요?"

"그래. 거기 있는 정령과 요정의 샘에서 창 수복 마지막 단계에 들어갈 거야. 금속 가공은 끝났으니까 팔 할 정도는 고친 셈이지. 이제 가호만 어떻게 하면 끝이야."

데이지의 말에 그렇군요, 하고 미카엘라가 고개를 끄덕였다.

"정령 도시에는 좋은 온천이 있었죠. 여기서 그리 멀지 않으니 한숨 돌리면 저도 한 번 가봐야겠네요. 자람 조사도 일단락됐고."

"그래, 여행은 좋지. 나도 여행 중이고."

크레이트에서 여기까지 꽤 먼 거리를 왔지만, 아직도 세상에는 모르는 것도 잔뜩 있고, 운반꾼 일도 아직 많을 거다.

할 일이 끊이지 않는다.

"그렇군요. ……악셀 씨는 여행을 즐기고 계시는가요?"

"그래, 정말 즐거워."

"후후, 다행이네요."

웃으면서 대답했더니 그녀도 미소지었다.

"주인~. 리즈누아르랑 장 다 봤어~!"

미카엘라랑 이야기하고 있자니 바젤리아와 사키가 이쪽으로 다가왔다.

둘은 에니아드의 음식이나 특산품인 과일이 들어있는 봉투를 안고 있었다.

다만 봉투 위로 과일이 아닌 것도 들어있었다.

저번에 봤던 것과 비슷한 옷이었다.

"……둘 다, 결국 그 옷을 또 산 건가…… 아니, 뭔가 저번에 본 거랑 좀 다른 건가?"

"응! 왠지 움직이기 편해 보여서!"

"저번에 보여줬을 때 반응이 좋았으니까요. 하나 더 샀습니다."

어쩐지 예전보다 둘의 호흡이 더 맞는 느낌이다.

"그럼 슬슬 갈게. 나중에 또 보자, 미카엘라 씨."

"네. 다음에 또 봬요."

그리고 우리는 에니아드를 뒤로했다.

푸른 하늘 아래, 따뜻한 바람이 부는 듯한 도시를.

최강 직업(용기사)에서 초급 직업(문지기)이 되었는데,
어째서인지 용사들이
의지합니다

크레이트에 있는 전직의 신전.

무녀는 자신을 에니아드 토지신의 《신관》이라 소개한 남자를 치료하면서 이야기하고 있었다.

대화의 내용은 주로 그가 만나고 싶다던 운반꾼 악셀의 이야기였다.

이미 무슨 사정이 있는지 거의 이야기를 끝냈다.

"……이런, 그럼 하늘 나는 운반꾼은 크레이트를 떠난 지 오래겠군."

"그렇습니다. 에니아드 토지신의 의뢰였죠. 어떻게 할까요?"

그러자 그는 으음, 하고 고개를 숙였다.

"토지신께서 직접 당부하신 일이라 꼭 만나고 싶었는데……. 그렇다고 지금 쫓아가서 찾을 수 있을지 어떨지……."

신관은 어떻게 해야 할지 모르겠다는 표정을 지었다.

……그렇지요. 워낙 빠르신 분이니.

검의 용사가 뒤늦게 쫓아갔지만 결국 따라잡지 못하고 왕도로 돌아가셨다는 이야기도 있을 정도다.

용사의 스테이터스로도 그 정도니까 신관의 스테이터스로는 더 힘들겠지.

그때였다.

"이봐, 좋은 소식이 들어왔어."

신전 한쪽에 있는 집회소에서 누군가의 대화가 들려왔다.

"아무래도 하늘 나는 운반꾼이 에니아드의 토지신 님을 구한 모양이야."

"그거, 믿을 만한 정보인가?"

"왕도의 정보상이 가져온 소식이니까, 그렇겠지."

"흐음, 그렇군. ……굉장하네. 역시 크레이트의 스타답군. 하는 일들이 차원이 달라."

두 사람은 신이 나서 대화를 이어나갔다.

평소라면 조금 조용히 하라고 핀잔을 줬겠지만, 지금은 딱 기다리던 소식이었다.

"……들으셨나요?"

그러자 그가 천천히 고개를 끄덕였다.

"아무래도 엇갈려 오는 동안 내가 의뢰하려 했던 사건이 먼저 해결된 모양이군……."

"악셀 씨는 운반꾼이긴 해도, 여러 면에서 상식을 초월하신 분이니까요. 아무리 어려운 의뢰도 순식간에 처리하시니, 이번에도 의뢰를 맡기기 전에 이미 달성했을지도 모릅니다."

그 말에 신관이 웃었다.

"그렇다면 우리의 은인이겠군. 어서 에니아드로 돌아가야 할 것 같다."

"후후, 그렇네요. 하지만 외상은 치료했어도 피로가 남아 있으실 테니, 느긋하게 쉬다 가세요. 그런데 어쩌다가 다치신 건가요?"

그 질문에 신관이 미간을 찌푸렸다.

"아, 그게 말이지. 크레이트로 오는 길에 마인의 부하라는 자가 나타나서는 『신의 냄새가 난다』, 『너는 신관이구나』라면서 덤비더라고."

"……그게 무슨 말씀이시죠?"

"솔직히 나도 잘 모르겠어. 겉보기에는 평범한 사람이었는데……. 다만 여기 오면서 들은 소문으로는 『마인』 이야기를 하며 신관을 노리는 녀석들이 있는 건 확실해. 전직 신전 사람들도 조심해."

"……그렇군요. 조심하겠습니다."

"그래. ……요즘 나타났다는 마인들은 아직 수상한 구석이 많으니까."

"예. 마인들은 강한데 흉악하기까지 하니까요. 붙잡아서 물어볼 수도 없고……."

후기

『최강 직업《용기사》에서 초급 직업《운반꾼》이 되었는데, 어째서인지 용사들이 의지합니다.』4권을 구매해 주셔서, 감사합니다.
아마우이 시로이치입니다.

이전과는 달리, 이번에는 3권에서 꽤 시간이 지난 후의 이야기를 썼습니다.
지금까지 악셀 일행이 너무 빠르게 이동하는 바람에 소문도 쫓아갈 수 없는 상황이 많았습니다만, 4권부터는 하늘 나는 운반꾼의 지명도가 오른 모습을 보여주고 있습니다.
각지의 사람들에게 크건 작건 이름이 알려져서, 앞으로 더욱 악셀 일행의 트랜스포터 활동이 활발해질 겁니다.
악셀의 본격적인, 더욱 재미있어진 활약을 즐기면서 읽어 주시기 바랍니다.

여기서부터는 선전입니다.
이 작품을 원작으로 한 만화책이, 소학관 어플『망가완』에서 주간 연재 중입니다. 만화판 작가는 유키지 님. 현재는『우라 선데이』와『니코니코 세이카』에서도 읽으실 수 있습니다.

그리고, 원작 4권과 동시에 만화책 4권도 발매됩니다. 굉장히 재미있으니, 여러분, 꼭 한 번 읽어 주시기 바랍니다.

일러스트레이터 이즈미 사이 님. 4권에서도 길드 캐릭터들을 잘 그려 주셔서 감사합니다!

담당 편집자 타바타 님, 가가가 문고 편집부 여러분, 관계자 여러분. 신도사 디자이너 님. 여러 도움을 주신 분들께 감사드립니다.

그럼 독자 여러분. 마지막까지 읽어 주셔서 감사합니다!

다음 권에서 다시 만납시다.

2019년 아마우이 시로이치

에드거 마이어스

최강 직업 (용기사)에서 초급 직업 (운반꾼)이 되었는데,
어째서인지 용사들이 의지합니다 4 캐릭터 디자인

character design.4

미카엘라 그레이스

SAIKYOSHOKU RYUKISHI KARA SHOKYUSHOKU HAKOBIYA NI NATTANONI,
NAZEKA YUSHATACHI KARA TAYORARETEMASU 4
by Shiroichi AMAUI
©2018 Shiroichi AMAUI Illustrated by Sai IZUMI
All rights reserved.
Original Japanese edition published by SHOGAKUKAN.
Korean translation rights in Korea arranged with SHOGAKUKAN,
through Shinwon Agency Co.

최강 직업에서 초급 직업이 되었는데, 어째서인지 용사들이 의지합니다 4

2020년 3월 8일 1판 1쇄 인쇄
2020년 3월 15일 1판 1쇄 발행

저　　　자 아마우이 시로이치
일 러 스 트 이즈미 사이
옮 긴 이 정명호
발 행 인 유재옥
본 부 장 조병권
담당편집자 조찬희
편 집 1 팀 김민지 정영길 조찬희
편 집 2 팀 김다솜 이본느
편 집 3 팀 김효연 박상섭 임미나 오준영
라이츠담당 김슬비 장정현
디 지 털 박지혜 이성호 전준호
인쇄제작처 코리아피앤피
발 행 처 ㈜소미미디어
등　　　록 제2015-000008호
주　　　소 서울시 마포구 토정로222, 403호 (신수동, 한국출판콘텐츠센터)
판　　　매 ㈜소미미디어
마 케 팅 한민지 한주원
전　　　화 편집부 (070)4164-3962, 3963 기획실 (02)567-3388
　　　　　　판매 및 마케팅 (070)4165-6888, Fax (02)322-7665

ISBN 979-11-6507-478-4
ISBN 979-11-6389-057-7 (세트)